ぼくの心は炎に焼かれる

植民地のふたりの少年

ビヴァリー・ナイドゥー 作
野沢佳織 訳

ムイルリとゲイブリエルに

そして、アフリカの歴史に興味を持ってくれる新しい世代の人たちへ

だれも、ほかの人のように歩くことはできない《ゴティレ・オキニャガ・モキニェレ・ワ・オンゲ》

Burn my heart
By Beverley Naidoo

First published as BURN MY HEART in 2007 by Puffin, an imprint of Penguin Random House Children's. Penguin Random House Children's is part of the Penguin Random House group of companies.
Japanese translation rights arranged with Penguin Books Limited through Japan UNI Agency, Inc., Tokyo

「どんなふうに話そう？
真実をそのまま、ただ真実だけを話そうか？
ぼくの側の話をしようか？　それとも、あいつの側の話を？
もし、ぼくがあいつの、あいつがぼくの境遇《きょうぐう》に生まれていたら、どうだったろう？
ぼくもあいつも、まだほんの子どもだった……」

「そんなことをしてると、マウマウがつかまえにくるよ！」

――作者まえがき――

イギリスで一九五〇年代に子ども時代をすごした人ならだれでも、〈マウマウ〉という言葉を聞いたことがあるはずです。「言うことをきかないと、恐《おそ》ろしいマウマウがくるよ」と、親にしかられる子どももいました。じっさいには、マウマウはイギリスから六千キロ以上もはなれたケニアにいたのですが……。

マウマウは、少なくとも十年のあいだ、イギリスで多くの人々をふるえあがらせたのですが、その後、消えてしまったかのようでした。新聞などで伝えられることもなく、歴史の本に出てくることさえ、まれでした。

いったい、マウマウとはなんだったのでしょう？　なぜ、みんな、その話をしなくなったのでしょう？　かくされた理由があるにちがいない、とわたしは感じ、興味を持ちました。ちなみに、わたしが生まれたのは南アフリカ――ケニアよりもさらに三千キロ以上南にある国で、やはり秘《ひ》密《みつ》の多いところでした。

さて、物語を始めるまえに、少しだけアフリカの歴史を説明しておきましょう。

アフリカの人々の多くが、第二次世界大戦中、イギリス人の兵士とともに戦いました（当時、ケニアなど、アフリカのいくつもの国や地域がイギリスの植民地だったため）。自由の名のもとに戦って、命を失った人も大勢いました。そして戦争が終わると、アフリカの人々は、自分たちの国を自分たちの手で自由に治めたいと主張するようになりました。ところがケニアでは、白人たちが、その地の人々と権力《けんりょく》を分けあうことさえ拒《こば》みました。「ワズング」（東アフリカでは白人をこう呼《よ》びます。これは複数形で、ひとりの白人をさすときは「ムズング」といいます）は、ケニアをひきつづきイギリスの支配下に置きたがったのです。「アフリカの人々は子どもと同じで、独立するにはまだ早い」というのが白人側の主張でした。アフリカ人の指導者、ジョモ・ケニヤッタ（一八九三年―一九七八年。ケニア建国の父とされる。ケニアやアフリカ諸国の民族運動に大きな影響をあたえた。キクユ出身。一九六三年にケニアが独立すると、初代首相となり、一年後に大統領に就任した）が、土地、教育、自由、まっとうな賃金《ちんぎん》、白人と同等の待遇《たいぐう》などを要求すると、白人はケニヤッタを「人々を抵抗《ていこう》運動にかりたてる危険《きけん》な人物」と決めつけました。ケニアに住む大半の白人にとって、「よい」アフリカ人とは、自分たち白人に忠実《ちゅうじつ》で、植民地政府の決めたことにさからわない人たちだったのです。

　白人の支配にいちばん強く抵抗《ていこう》したのは、キクユ人（ケニア最大の民族。主に農耕を営んだ）でした。もともとキクユ人のものだった高地の肥沃《ひよく》な土地を、白人がうばって農場にしていたからです。若《わか》い世代のキクユ人のなかには、ケニヤッタのような年長の指導者に歯がゆさを感じる者も多くいました。そうした若者《わかもの》たちは土地と自由を強く求める運動を起こし、マウマウとして知られるようになりました（〈マウマウ〉は白人がつけた呼び名。本人たちは「ケニア土地自由軍」と名乗っていた）。マウマウは秘密《ひみつ》結社で、団員は、自分たちの土地を取りもどすために命をかけて戦う、と誓《ちか》いを立てていました。一方、白人入植者に協力しているところを目撃《もくげき》されたキクユ人は、「招かれざる客」である白人と同じくらい、きらわれました。

この本の物語は、ケニアの植民地政府がマウマウの活動に危機感《ききかん》をいだいて「非常事態宣言《せんげん》」を出す、まえの年(一九五一年)に始まります。歴史的な背景《はいけい》は事実そのままですが、登場するのは全員、架空《かくう》の人物です。

一九五一年十一月、ケニア高地

1　秘密《ひみつ》

「フェンスがこわれてる！　これ見て、ムゴ！」

マシューは、切れてぶらさがった有刺鉄線《ゆうしてっせん》のはしを空気銃《くうきじゅう》の先で持ちあげた。もう一方のはしは、最近お父さんが立てさせた高い木の杭《くい》にくくりつけられたままだ。有刺鉄線《ゆうしてっせん》は横に何段《なんだん》にもわたしてあって、切れているのはいちばん下の段《だん》。二段目《だんめ》から上はどれもぴんとはっていて無傷《むきず》だ。この新しいフェンスは、高さがマシューの身長の二倍近くあり、庭とブッシュ（自然のままの未開地）とのあいだにそびえている。その前に立つと、まるで檻《おり》の中にいるような感じがする。

以前のフェンスはマシューの胸《むね》までの高さしかなくて、横にわたした針金《はりがね》もたるんでいたから、マシューもムゴも簡単《かんたん》にあげたりさげたりできた。年よりの肌《はだ》みたいにたるんでる、とムゴは言っていた。

マシューはとげにさわらないよう気をつけて、有刺鉄線《ゆうしてっせん》の切れたところを親指と人さし指でつまみ、じっくり見た。自然に切れたのではなさそうだ。あとの半分も、となりの杭《くい》からたれている。まん中で切られたらしい。

そのとき、マシューが飼っている犬のドゥマがほえた。何かおもしろいことが始まりそうだと感じたのかもしれない。マシューが止める間もなく、アイリッシュセッター（体高が七十センチほどの猟犬）のドゥマは腹《はら》を地面にぴたりとつけ、鼻をくんくんいわせながら、有刺鉄線《ゆうしてっせん》の下をくぐってブッシュに出ていってしまった。マシューのほうをふりかえり、赤茶色の尻尾《しっぽ》を勢いよくふってみせる。有刺鉄線《ゆうしてっせん》と地面のすきまはせまくて、おとながくぐるのは大変そうだ。だれかがわざと有刺鉄線《ゆうしてっせん》を切ったんだとしたら、なぜいちばん下の段《だん》しか切らなかったんだろう？

マシューはしゃがんで、買ってもらったばかりの空気銃《くうきじゅう》、〈レッドライダー〉をわきにはさんだ。青黒い鋼鉄製《こうてつせい》の銃身《じゅうしん》が下を向く。れんが色のかたい土に、足あとは残っていない。ひょっとして、ドゥマがくぐりぬけたときに消してしまったのかな？　マシューは額にしわをよせて考えこみながら、目をあげてムゴのほうを見た。日ざしがまぶしい。小さな点々のある緑色の目を細めて、たずねる。

「どこかに足あと、見える？」

ムゴはまっ黒な瞳《ひとみ》をフェンスのこちら側とあちら側に向け、色あせた草むらをつぶさに見ていたが、首を横にふった。

「いいえ《ハパナ》……何も」

ムゴの目はどんな小さなことも見のがさない。マシューはそのことをよく知っていた。キクユ人のムゴはもう十三歳《さい》で、マシューより二つ年上だ。ムゴという名前には、「先の見える者」という意味がある。ムゴはマシューの家のキッチンで下働きをしているが、そのまえは家畜《かちく》の群れの番をする牧童だった。だから、山のふもとのブッシュのことならなんでも知っている。

マシューはきいてみた。「この有刺鉄線《ゆうしてっせん》、なんで切れたんだと思う？　動物がやったのかな？」

「いいえ《ハパナ》」動物じゃないと、ムゴはまた首を横にふった。

「なら、人間？」

ムゴは答えない。頬《ほお》が日ざしを受けてつやつやしている。マシューの空気銃《くうきじゅう》の銃床《じゅうしょう》の、みがきこまれたクルミ材のようだ。額には心配そうにしわがよっている。ムゴは、フェンスのむこう側に生えているトゲアカシアの木を見ている。あの木の長いとげに、何かひっかかっているのかな？　マシューは声を大きくして言った。「見にいってくる」

ムゴがはっとわれに返った。「だめです《ハパナ》、ぼっちゃん！　だんなさま《ブワナ》に怒《おこ》られます！」

「あそこの木まで、いくだけだよ」

「だめです《ハパナ》！　まず、だんなさま《ブワナ》にフェンスのことを知らせないと！」ムゴはゆずらない。

「お父さんは留守だってば」マシューはいらいらして言いかえした。

「それなら――」

「ジュマに言えって？　ジュマは、母親が病気だからようすを見にいってる。お父さんが許可したんだ」ジュマというのは、お父さんが新しくやとった農場の監督《かんとく》だ。マシューは自信ありげに笑ってみせた。

「心配するなって、ムゴ！　ふたりでうまくやれるよ」

「なら、うちの父さんに知らせましょう！」ムゴは一生けんめい言って、フェンスのこちら側のブルーガムの木（フトモモ科、ユーカリノキ属の常緑樹）のほうを指さした。その先には馬小屋がある。ムゴはまるで稲妻《いなずま》に打たれたみたいに、指をまっすぐつきだして何度も馬小屋をさした。ムゴの父親のカマウは、馬小屋をまかされている。

「じゃあ、そうしよう。だけど、急ぐことないだろ。フェンスは、日が暮《く》れるまでにだれかに直してもらえばいいんだから。あのあたりに何かいないか、見てみたいんだ」

ムゴが何か言うより早く、マシューは空気銃《くうきじゅう》を地面に置いてフェンスのむこう側に押《お》しだすと、腹《はら》ばいになって有刺鉄線《ゆうしてっせん》の下をくぐりだした。遠くまでいかないですぐにもどってくれば、お父さんに知られるはずはない。ひそかな反抗《はんこう》に、マシューは少しわくわくしていた。

フェンスのむこうのブッシュも、その先の川までずっと、マシューたちグレイソン家の土地だ。下流ははるか平原まで、上流は木がうっそうとしげるケニア山のふもとの斜面《しゃめん》まで、領地はつづいている。かつて、マシューのお祖父さんはその土地を「グレイソン・カントリー（カントリーは「国土」「故郷」を意味する）」と呼《よ》んでいた。お母さんによると、マシューはよちよち歩きのころから、フェンスのむこうへ連れてってと、よく子守《アヤ》にせがんだそうだ。でもお母さんは、フェンスの内側で遊ばせるようにと子守《アヤ》に言いつけていた。やがて、マシューは四歳《さい》になると、お父さんの白い雄馬《おうま》の世話をまかされているカマウになつき、あとをついてまわるようになった。カマウは、少年のころからずっとグレイソン農場で働いてきた使用人だ。

　幼《おさな》いマシューがしきりにフェンスのむこうへいきたがるので、カマウがそれほどいそがしくないときには、マシューをポニーに乗せて近くの川べりまでひいていってもいい、という許しが出た。やがて、マシューがひとりでポニーに乗れるようになると、カマウも馬にまたがっていっしょにでかけた。朝早く、ふたりで小高い丘《おか》のてっぺんにのぼり、いろんな野生動物が川に水を飲みにくるのをながめるのは、最高に気分がよかった。カマウはどんな動物のこともよく知っていて、マシューはいくら話を聞いてもあきなかった。

　ムゴは、カマウの下の息子で、グレイソン農場でほかの少年たちと牧童をしていたが、ある日、マシューを毒ヘビから救うことになった。そのときマシューは六歳《さい》で、日暮《ひぐ》れまえ、お父さんといっしょに、家畜《かちく》がみなそれぞれの囲いの中にいるか、見てまわっていた。夜のあいだ家畜《かちく》をライオンやハイエナから守るためには、囲いに入れておく必要がある。ときにはヒョウが山からおりてくることだってあるのだ。

マシューが、ある囲いの入り口のそばでアリ塚《づか》を見つけ、棒《ぼう》でつついていると、とつぜん、毒ヘビのブラックマンバがするりと出てきて頭をもたげた。ムゴが目ざとく気づいてマシューをアリ塚《づか》からひきはなさなかったら、マシューはブラックマンバにかまれ、数分で命を落としていたかもしれない。マシューの父親のグレイソン氏は、よくやった、かしこい子だとムゴをほめ、そのあとまもなく、ムゴをキッチン・トト（キッチンで料理人の手伝いをする少年。家のそうじなどもすることがある）に昇格《しょうかく》させた。

やがて、マシューはお父さんとお母さんにたのみこんで、ムゴといっしょならブッシュに出て近くを探検《たんけん》してもいいという許しをもらった。もちろん、ムゴの親方の、料理人のジョサイアがいいと言ったらの話だ。ジョサイアは、ムゴがキッチンをはなれることに文句を言いはしたが、たいていは許してくれた。とくに、マシューが寄宿学校に入り、ときどきしか帰ってこられなくなってからは、大目に見てくれた。

マシューはよく、学校の宿舎のせまいベッドで眠《ねむ》れないまま、この次はムゴとどんな探検《たんけん》をしよう、と考えた。そのおかげで、家を何週間もはなれているあいだ、なんとかがんばることができた。

ところが最近、事情が変わった。お父さんから、自分といっしょのとき以外はブッシュに出てはいけない、と言われたのだ。「用心のため」だと。用心といえば、お父さんはこのところ、いつも銃《じゅう》を持ち歩くようになり、フェンスも高くつくり直させた。フェンスのことをお母さんから聞いたのは、きのう、週末を家ですごすために学校から帰ってくる、車の中でのことだった。べつに心配することはないのよ、とお母さんはマシューを安心させるように言った。このあたりでは物騒《ぶっそう》なことは起こっていないから、と。

ゆうべ、お父さんも言っていた。「あくまで用心のためだ。反乱《はんらん》をあおっている連中も、こんなに遠くまでくるわけがない！　それに、うちの場合、使用人はしっかりめんどうを見てきたから、みんなちゃんと言うことを聞く。安定した生活を自分からぶちこわすようなことを、するはずがないさ！」

マシューはフェンスをくぐりぬけると、立ちあがった。ドゥマがうれしそうにぶるっと体をふるわす。マシューは奇襲《きしゅう》部隊（第二次世界大戦のとき、敵地に対して小規模な奇襲攻撃を行った、イギリス軍を始めとする連合軍の特別部隊）の隊員みたいにレッドライダーをかまえ、ムゴに大きな声で言った。

「ほら、早く！　こっちにこいよ」

ムゴはあいかわらず気が進まないようすで、マシューに聞こえるように大きくため息をついた。それでも、頭から赤いフェズ（バケツをふせた形のフェルト帽。黒い房がついている）を取り、白いチュニック（ひざぐらいまでの長いシャツ。この場合は制服の上着）もぬいだ。そしてチュニックをていねいにたたむと、木の切《き》り株《かぶ》にのせ、その上にフェズを置いた。

　さすがはムゴだ、とマシューは思った。着ているものに土ぼこりが少しでもついていたら、親方のジョサイアにしかられるからな……。マシューは、自分の土ぼこりだらけのシャツとズボンを見下ろした。ジョサイアの妻で家政婦のマーシーは、このよごれた服を見たらぶつぶつ言って、舌を軽く鳴らすだろうけど、それでおしまいだ。マーシーは、ぼくの服を洗《あら》ってアイロンをかけてきれいにして返すのが自慢《じまん》だ。だから、文句を言ったとしても、本気で怒《おこ》ってるわけじゃない。

　マシューが見ていると、ムゴはひきしまった脚《あし》と腕《うで》を曲げて、有刺鉄線《ゆうしてっせん》の下をくぐりぬけてきた。ドゥマはブッシュにいけるとわかって大喜びで、ムゴのにおいをくんくんかぎ、マシューを見あげてほえた。

「しっ、ドゥマ！　静かに！」

　こんな真昼に、フェンスの外にちょっと出たからといって、たいして危険《きけん》なはずはない。それでも、ドゥマがおとなしくなり、ムゴがこちら側にきたので、マシューはほっとした。ムゴの心配そうな顔には、気づかないふりをする。

「ぼくはこっちの方角で足あとをさがす。ムゴはそっちをさがして！」マシューは左右の手首をくっつけて人さし指で広いV字をつくり、方向をしめした。「それぞれ、むこうのアカシアの木立までいこう。あそこなら、まだおたがいが見える。まん中で合流して、そのあと相手のきた道をたどって、ここへもどってくる。いい？」

ムゴはむずかしい顔をして、だまっている。

「なんだよ、ムゴ！　そんな顔するなって！　ぼくはいくからな」

マシューが歩きだすと、ドゥマは赤茶色の細い顔をムゴとマシューにかわるがわる向けた。黒いやさしそうな目が、不安そうだ。

「おいで、ドゥマ、こっちだ！」マシューは声をかけ、自分の太ももをたたいた。ところが、ムゴが歩きだしたとたん、ドゥマはそのあとを追っていってしまった。

マシューは好きにさせておいた。集中してさがさないと、フェンスの有刺鉄線《ゆうしてっせん》を切ったやつの痕跡《こんせき》は見つけられない。ここで何か手がかりを見つければ、たとえぼくが言いつけにそむいたとわかっても、お父さんはそんなに怒《おこ》ったりしないだろう。

正直、お父さんにはがっかりだ。きょうはいっしょに狩《か》りにいく予定だったのに……。何週間もまえから楽しみにして、学校でつらいことがあるたび、そのことを考えて自分を元気づけてきた。お父さんは約束してくれていたのだ。今度いっしょに狩《か》りにいったら、新品のレッドライダーでえものを撃《う》ってもいいと。

レッドライダーをもらってからというもの、分解そうじをしたり、組み立てたり、照準の合わせ方を練習したりして、何時間もすごしてきた。すばやく弾《たま》をこめて的《まと》を連射《れんしゃ》する練習も、家からはなれたところでしていた。お母さんの果樹園《かじゅえん》でにぎやかにさえずりながら果物をついばんでいたヒヨドリを二羽、撃《う》ち落としたこともある。そしてきょうこそは、もっと大きなえものをしとめられるかどうか、はじめて試せるはずだった。ところが、お父さんは、近所に住む知り合いに呼《よ》びだされてしまった。発電機を修理してほしいとたのまれたのだ。「悪いな、マシュー、大事な用事ができてしまった」と言って、お父さんはでかけていった。いつだってぼく以外のことのほうが大事なんだよね……。

マシューは歩きながら、レッドライダーの銃身《じゅうしん》で草むらをかきわけ、侵入者《しんにゅうしゃ》が地面に足あとを残していないか調べた。近くの低木のしげみやアカシアの木立にも目をやって、手がかりをさがす。ときおり、ムゴとドゥマのほうを見た。ふたりの息の合ったようすが、ふとうらやましくなった。……ドゥマはぼくの犬だ。家にやってきたときはまだ子犬だったけど、毛はふさふさして長かった。名前もぼくが決めた。「ドゥマ」はスワヒリ語で「チーター」という意味だ。だけど、ドゥマの見た目がチーターに似てたわけじゃない。世界でいちばん速く走る犬になるようにと願って、そう名づけた……。

今ではマシューも大きくなり、ドゥマが世界最速の犬になることはないとわかっていたが、それでもドゥマのことが大好きだった。寄宿学校に入り、はじめてドゥマとはなれてすごした夜には、この先何週間もドゥマに会えないんだと思うと悲しくて、ベッドで大泣きした。そしてはずかしいことに、おしっこをもらしてシーツをぬらしてしまった。寮母《りょうぼ》はむっとしていたが、なんで泣いているのかきいてくれた。飼っている犬に会いたいのだと涙《なみだ》ながらに答えると、寮母《りょうぼ》はますますむっとして、「お母さんが恋《こい》しいっていうんなら、わかりますけどね！」と、スコットランドなまりの英語でそっけなく言った。

マシューがアカシアの木立のすぐそばまできたとき、目の前に大きく広がっている枝のすきまから、何かがさっと動いたのが見えた。マシューはぴたりと足を止めた。枝のむこうの動きも止まる。マシューは息を飲み、そこにいるのがインパラだとわかると、なあんだ、と思い、そっと息を吐《は》いた。それでも、インパラが頭をもたげてこちらを向くと、魔法《まほう》にでもかかったようにうっとり見とれた。

おとなの雄《おす》のインパラで、りっぱな角がある。二本の角は左右に広がるように生え、とちゅうからゆるく曲がって上にのびている。あの角、ぼくの腕《うで》より長そうだ！　インパラはじっと動かない。白い耳はてっぺんの毛だけが黒くて、昆虫《こんちゅう》の触手《しょくしゅ》みたいに見える。

マシューはふるえないように気をつけて、空気銃《くうきじゅう》をゆっくりかまえた。すごいチャンスだ！しとめれば自慢《じまん》できる！　銃床《じゅうしょう》をわきの下に押《お》しあて、左目の高さを銃身《じゅうしん》と一直線になるようにして、左の人さし指を引き金にかけた。

ところが、次の瞬間《しゅんかん》、インパラはさっとむこうを向いて走り去った。同時にドゥマがほえ、高い草の中を走ってインパラを追おうとしたが、マシューは呼《よ》びもどした。

「何やってるんだ！」怒《おこ》ってドゥマに言う。「もう少しでしとめられたのに！」魔法《まほう》がとけたのがドゥマのせいなのか、インパラのせいなのか、マシューにはよくわからない。どちらにしてもチャンスをのがしてしまった。いや、そうとはかぎらない。マシューは、ドゥマのあとを追って近づいてきたムゴのほうを向くと、言った。

「丘《おか》の上にいこう！　あそこならまわりじゅうが見わたせる」

「いいえ、ぼっちゃん《ハパナ》！　あぶない！　もどりましょう」ムゴの声が高くなる。

だけど、マシューはうずうずしていた。すぐ近くにえものがいるのに、のがす手はない。あのインパラは今ごろ、川で水を飲んでいるかもしれない。丘《おか》の上まではそう遠くない。ムゴとふりで何度もいったことがある。切れてぶらさがっていた有刺鉄線《ゆうしてっせん》のことは、頭からしめだした。

「フェンスが高くなったからって、心配することないよ、ムゴ。お母さんだって、用心のために高くしただけだって言ってる。ついてこい！」マシューは命じた。

丘《おか》の上までの距離《きょり》は、フェンスから今ふたりがいる場所までの距離《きょり》とだいたい同じだ。マシューは丘《おか》をかけのぼりたかったが、「銃《じゅう》を持って走ってはいけない」というお父さんの声が頭の中にひびいて、思いとどまった。だいたい、走ってもインパラに追いつけるはずがないし、もしインパラが追われていることに気づかなければ、川のそばにとどまっているかもしれない。

マシューはひらけた草原を進んだ。右側にはアカシアの木立がつづいている。ムゴは、いきたくないというように首をふりながらも、ついてきていた。ドゥマがしきりに先頭に出ようとする。「今度はほえるんじゃないぞ！」マシューが小声で注意すると、ドゥマはむっとしたように首をかたむけ、「そんなばかなこと、するわけないでしょ」と言いたげな顔をした。

マシューは、ゆくての地面を観察すると同時に、左右百八十度にたえず目をくばった。右側のアカシアの木立の下草がうっそうとしてきたあたりで、頭の中に「ひきかえせ！　何が——だれが——いるかわからないぞ！」という小さな声がひびいたような気がした。だけど、後ろにはムゴがいる。ムゴはこのあたりの土地を知りつくしている。ムゴが心配してるのは、お父さんがこのことを知ったら怒《おこ》る、ってことだけだ。もしインパラをしとめることができたら、お父さんにはこう言えばいい。フェンスのすぐむこうにいるのが見えたから、有刺鉄線《ゆうしてっせん》の下をくぐってブッシュに出て、しとめたんだ、って。

丘《おか》のてっぺんに近づくにつれ、地面は岩がちになった。色あせた高い草のあちこちから、大きな岩のかたまりがつきでている。それを見ながら丘《おか》をのぼり、昔お祖父さんが建てた見張り小屋に着いた。

ドアをあけて、「おいで、ドゥマ、こっちだ」とやさしく声をかける。「お入り、ドゥマ、さあ！」

　ドゥマはすなおにやってくると、マシューにつづいて小屋に入った。ドゥマが入るとすぐ、マシューはさっと外に出てドアをしめた。あのインパラを見つけたら、今度はドゥマの声でびっくりさせたくない。ドゥマは左右の前足をのぞき窓《まど》の枠《わく》にかけて、いっしょに連れてって、と言いたげに鳴いた。マシューは空気銃《くうきじゅう》を持っていないほうの手を窓《まど》の中に入れて、ドゥマの両耳をなでてやった。

「すぐにもどるからな、ドゥマ！」そう言うと、向きを変え、下の川岸を見た。何もいないようだ。ここ二、三か月、雨がふっていないので、川はばがせまくなっている。川の両岸には、高くて幹も枝も黄色っぽいフィーバーツリー（高さ十五～二十メートルになる、マメ科の常緑樹。湿地帯に多いことから、マラリアを引き起こすと誤解され、「発熱の木」を意味する名前がついた）がならんで生えている。右側のアカシアの木立と下草は、丘《おか》を川のほうへ少しくだったあたりでとぎれている。

「何か見える？」マシューはムゴにたずねた。インパラは、フィーバーツリーの下の赤茶色の土にまぎれているのかもしれないが、それにしてもなんの動きもない。マシューはがっかりし、ムゴがだまっているのでいらいらして、言った。「少しくだれば、もっとよく見えるだろう」

　ムゴの返事を待たず、マシューは丘《おか》をななめ右のほうへおりていった。半分くだって何も見えなければ、あきらめよう。下のほうにならんでいる大きなフィーバーツリーに日があたって、黄緑色の幹が明るくうかびあがって見える。すずしげな幹の色に、ひきよせられるような気がした。

マシューはふりかえって丘《おか》の上を見ると、立ち止まった。あまり右手へいきすぎると、見張り小屋を見失いそうだ。気がつくと、空気銃《くうきじゅう》をにぎっている手がじっとり汗《あせ》ばんでいた。そしてはじめて、だいじょうぶかな、と不安になった。もしかしたら、このレッドライダーを持っているせいで、少し気が大きくなっていたのかもしれない。

負けをみとめてひきかえそうと思ったそのとき、ムゴの手が肩《かた》にふれるのを感じた。ムゴが指さすほうを見る。すごい、さすがはムゴだ！　あそこにぼくのインパラがいる！　二本の木のあいだにじっと立ち、きれいな角のある頭をもたげて横を向いている。ぼくたちの足音が聞こえたのかな？　射程《しゃてい》におさめるには、もう少し近づかないと。つま先立ちで、できるだけ静かに歩きだす。まずは一歩、もう一歩。心臓《しんぞう》の鼓動《こどう》のほうが足音よりも大きい。アンブレラアカシア（枝が傘のように上方で横に大きく広がる種類のアカシア）の下にくると、身をかがめて低い枝をよけ、とげがささらないよう、長い金色のさやをゆらさないよう、気をつけた。あと少し進めば、絶好のポジションだ。

ふたたび、そっと銃《じゅう》をかまえる。照準を合わせ、ゆっくりねらいをさだめる。えものの頭をねらい、手がふるえないようにすること。落ち着け、と自分に言い聞かせる。落ち着くんだ！　そして引き金をひいた。

発射《はっしゃ》の衝撃《しょうげき》が体をつらぬくと同時に、ぞっとするようなかん高い鳴き声と、枝がめりめり折れる音がした。インパラをしとめたかどうかもわからないうちに、ムゴにひっぱられていた。

ムゴがさけぶ。「ゾウだ！　ゾウがきます！」

ふりむくと、丘《おか》の斜面《しゃめん》の上のほうから、大きな耳をはげしくゆらし、長い鼻をもたげて、どっしりした灰色《はいいろ》の頭が草むらを突進《とっしん》してくる。マシューは左腕《ひだりうで》がもげそうになるほどムゴにひっぱられ、下の川のほうへ走った。

ゾウからにげるには、丘《おか》をくだるしかない。ふたりはゾウと川にはさまれている。川べりにはフィーバーツリーがならんでいるが、いちばん下の枝でさえ、高すぎてのぼれそうにない。たとえ木にのぼっても、突進《とっしん》してくるゾウから身を守れるのか？

一本だけ、のぼれそうな木があった。幹がふたつにさけていて、片方《かたほう》がななめ上にのびている。ムゴがマシューを押《お》して、その木にのぼらせた。上へ、上へと手ぶりで合図してくる。マシューはなんとかよじのぼろうとするが、右腕《みぎうで》にかかえた銃《じゅう》がじゃまして、のぼれない。左手で必死に幹をつかむ。両ひざが樹皮《じゅひ》にこすれて痛《いた》い。

「早《ハラカ》く！　早《ハラカ》く！」とムゴがせきたてる。「それをこっちへ！」手をさしのべ、銃《じゅう》をよこせと言っている。

マシューはためらった。「けっして、銃《じゅう》を使用人に持たせてはならない」という不文律《ふぶんりつ》があるのは知っている。お父さんは、ほかのどの使用人よりも信頼《しんらい》しているカマウにさえ、銃《じゅう》を持ってくれとたのんだことは一度もない。「銃《じゅう》は自分で、自分ひとりで、責任を持ってあつかう」のが決まりなのだ。

「いや、これは――」自分で持ってのぼるとマシューが言いかけたとき、ふたたび耳をつんざくようなかん高い鳴き声がひびいた。ゾウがその気になれば、数秒でこの木までこられるだろう。マシューはふるえる手で、空気銃《くうきじゅう》をムゴにわたした。そして両手を使い、幹をよじのぼった。ムゴがすぐあとから、のぼりにくそうについてくる。その銃《じゅう》を落とさないでくれよ、ムゴ！ ゾウにふまれたら、使いものにならなくなってしまう。

しかし、マシューは後ろをふりかえるよゆうもなく、ゾウにとどきそうにない高い枝をめざしてのぼりつづけた。

胸《むね》の中で祈《いの》る。どうか神様、ゾウがこの木を押《お》したおしたり、ぼくたちをふり落としたりしませんように！ 一度、ゾウが木をたおすのを見たことがある。根こそぎ持ちあげてたおし、てっぺんのいちばんみずみずしい葉っぱを食べていた。あの木は、今のぼっている木ほど大きくはなかったけど、ゾウが興奮《こうふん》したら何をするかわからない。

枝が密《みつ》になってくると、マシューは頭がくらくらした。

「もう進めないよ！」泣きそうな声で言う。十分高くのぼれたかどうか、わからない。

ムゴがすぐそばまで慎重《しんちょう》にのぼってきた。空気銃《くうきじゅう》をしっかりかかえている。

「枝にぴったりくっついて」ムゴが口だけ動かして言った。そうか。ゾウは、耳はすごくいいけど、目はあまりよく見えないんだった。だけど、ぼくたちのにおいをかぎつけるかも！

マシューは歯をくいしばり、頭をそろそろと枝にのせた。ざらざらしたもろい樹皮《じゅひ》が肌《はだ》にふれると、頬《ほお》に無精ひげが押《お》しつけられたときのことを思い出した。まだ小さくて、おとなといっしょに馬の背《せ》に乗っていたときのことだ。あれはお父さん？　それともカマウ？　どちらだったにしても、ざらざらした肌《はだ》にふれていると安心できた。だけど今はこわくて、心臓《しんぞう》がものすごい速さで打っている。

首をよじると、目のはしでゾウをとらえることができた。すぐそばで止まっている。二十歩とはなれていない。今も大きなしわだらけの両耳を不吉《ふきつ》な感じに波立たせて、下にたらした鼻をゆらしている。このときはじめて、ゾウの牙《きば》が片方《かたほう》ないことに気づいた。けんかして折られたのかな？

マシューはふたたび祈《いの》った。神様、お願いです。あのゾウを遠くへやってくださったなら、もう二度とお父さんにさからいません。約束します。――まったく、なんてばかだったんだ。空気《くうき》銃《じゅう》を持ったくらいで気が大きくなってしまうなんて。直径が六ミリたらずの銃弾《じゅうだん》で、ゾウをたおせるわけがない。豆で戦車を撃《う》つようなものだ。「銃《じゅう》を持っていながらまるで分別のない、おろか者もいる」と、お父さんはいつも言っている。どうして、ムゴに止められたのに、こんなところまできてしまったんだろう？　それに、ふたりとも、どうしてもっと早くゾウに気づかなかった？　いや、ぼくが悪い。ムゴを急がせて、ついてこさせたんだから！

マシューは頬《ほお》が熱く、赤くなるのを感じた。あのインパラをしとめられたかどうかもわからない。二本の角がぐらぐらゆれるのを見たような気もするけど、インパラがにげただけかもしれない。もう、どうでもいい。えものが地面に横たわっているとしても、ほうっておこう。大事なのは、ドゥマを見張り小屋から出してやって、三人で家に帰ることだ。

ゾウは武装《ぶそう》した衛兵みたいにじっと立って、侵入者《しんにゅうしゃ》たちを追いつづけるべきかどうか、迷っているようだ。そのまま何時間もたったように感じられたころ、ようやくゾウはゆっくりと向きを変え、のしのしと丘《おか》の斜面《しゃめん》のほうへもどっていった。マシューはほっとして、全身の力がぬけたようになり、ムゴが動きだすのを待った。

「ムグンガ（スワヒリ語でアンブレラアカシアのこと）の種を食べにいったんです。ゾウの大好物だから」ムゴが小声でそう言ったのは、ゾウがすっかりアンブレラアカシアの木の下に入ってしまったあとだった。ゾウは、アカシアの木の枝をゆすって金色のさやを落とし、種を食べるのが好きなのだ。あのゾウはさっきもそうしてごちそうを食べていたときに、マシューの銃声《じゅうせい》にじゃまされて腹《はら》を立てたのかもしれない。

マシューはフィーバーツリーの幹をすべりおりながら、ムゴはなんて落ち着いているんだろうと驚《おどろ》いていた。ムゴにつづいて、川にそって歩き、ゾウからなるべく遠ざかった。銃《じゅう》を返して、と言おうかと思ったが、やめた。ひょっとしたらムゴは、また木にのぼらなくてはならなくなったときにマシューが両手を使えるようにしてくれているのかもしれない。

しかし、木立を出て、見晴らしのいい丘《おか》の斜面《しゃめん》にさしかかっても、ムゴはまだ銃《じゅう》を持ったままだった。見張り小屋に着いたら返してもらおうと、マシューは思った。

ムゴはきびきびと丘《おか》をのぼっていく。たえず周囲を見まわし、とくにアカシアの木立には注意をはらっている。マシューが丘《おか》の上にたどり着いたときには、ムゴはもう見張り小屋にいて、ドゥマを外に出してやったところだった。ドゥマは大喜びでムゴとマシューのあいだをはねまわり、ふたりが家に向かうのだとわかると、先頭におどりでた。ムゴが指を二本くわえて、低く指笛を鳴らす。ドゥマがもどってくると、身ぶりで落ち着けと命じた。さわぎを聞きつけて、またゾウが追ってきたら大変だ。

マシューはドゥマがはしゃいでいるのに気を取られて、ムゴに銃《じゅう》を返してと言いそびれてしまった。ムゴはマシューの少し前を、フェンスに向かって歩いている。今、声をかけて返してもらうのも、なんだか間がぬけている。家はもう目の前で、マシューはほっとしたものの、なんてばかなことをしたんだろう、とまだ思っていた。

フェンスのところまでくると、ムゴは先にマシューに有刺鉄線《ゆうしてっせん》の下をくぐらせた。マシューは庭にもどり、立ちあがった。ありがたいことに、見える範囲《はんい》には自分たち以外、だれもいない。

「これを」ムゴが、フェンスのむこう側からマシューの銃《じゅう》をさしだした。赤《あか》ん坊《ぼう》でも抱《だ》いているみたいにやさしく、有刺鉄線《ゆうしてっせん》のあいだから銃《じゅう》をわたしてくれる。

「ありがとう《アサンテ》。本当にありがとう《アサンテ・サーナ》」マシューは銃《じゅう》をしっかり持って、お礼の言葉をくりかえしたが、ムゴの顔をまともに見ることはできなかった。本当にばかなことをしてしまった。それはムゴもわかっているはずだ。お父さんに知られたら、ふたりともひどくしかられるだろう。だから、お父さんには有刺鉄線《ゆうしてっせん》が切れていたということだけ話して、ほかは何も言わないでおこう。マシューは、ムゴがフェンスの下をくぐりぬけてきて、白いチュニックを身につけ、フェズを頭にのせるのをだまって見ていた。そして、ぎこちなく言った。

「このことはぼくたちだけの秘密《ひみつ》だ、な？」

「はい《ンディオ》」ムゴが静かに答えた。フェズを少しかたむけて、小さくうなずいてみせる。ふたりのあいだに秘密《ひみつ》ができた。

2　ムゴ、しかられる

ムゴがキッチンにもどったとき、料理人のムゼー（スワヒリ語で年配の男性に対する敬称。「長老」「年長者」という意味もある）・ジョサイアは肉を切っているところで、顔をあげなかった。包丁をすばやく、すさまじい勢いで木のまな板にたたきつけて、赤身肉を切っている。まるで右手が包丁と合体しているみたいだ。

ムゼー・ジョサイアが立っているのは、キッチンのまん中にある大きなテーブルのはしで、その後ろ、食料貯蔵室《ちょぞうしつ》のとなりの給仕台には、白いほうろう引きのボウルが置いてあり、中にジャガイモがたくさん入っていた。そのとなりには、カボチャがひとつ、インゲンマメがひと束と、トマトの入った小さめのボウルもある。ムゼー・ジョサイアはいつもこうして、ムゴに下ごしらえさせる野菜をならべておくのだ。給仕台の上の壁《かべ》には白い時計がかかっていて、細く黒い秒《びょう》針《しん》が、まな板をたたくムゼー・ジョサイアの包丁と同じくらい無情に時をきざんでいる。

ムゴは立ち止まり、一瞬《いっしゅん》ためらった。野菜を取りに給仕台までいくには、ムゼー・ジョサイアのすぐそばを通らなければならない。しかられるのはわかっていた。四時までにもどるようにと言われていたのに、時計の短針《たんしん》は五と六のほぼ中間まで進んでいる。

そのとき、ムゼー・ジョサイアが肉を切り終えた。切った肉をまとめて、左側のコンロにかけた黒い鍋《なべ》に入れようとしている。ムゴは急いでテーブルの反対側にまわりこんだ。ムゼー・ジョサイアが鍋《なべ》をのぞいているうちに、そうっと野菜を取ってこられますように。ところが、両手にひとつずつボウルを持ったとたん、頭の後ろをバシッと平手でたたかれた。ジャガイモとトマトが給仕台にころがり出て、床《ゆか》にもいくつか落ちた。

「どこへいってた？」ムゼー・ジョサイアが太い声できいた。

ムゴは身をすくめ、次の一撃《いちげき》にそなえた。だが、ムゼー・ジョサイアはムゴの両肩《りょうかた》をつかむと、体ごとぐるりとまわして自分のほうを向かせた。

「おまえはキッチン・トトだろう？　だのに一日じゅう遊びほうけて！　おまえの父親でさえ、どこにかくれているのか知らないと言ってたぞ」

ムゼー・ジョサイアは父さんに言いつけたんだ！　こりゃあ、家でもしかられるぞ、こっぴどく。マシューぼっちゃんは、きょうの午後のことはいっさいしゃべらないでほしいと思ってるだろうけど、父さんは正直に話せと言うだろう。ムゴが身をよじると、ムゼー・ジョサイアの左右の親指が鎖骨《さこつ》の下の肉に食いこんだ。

「何時までにもどれと言った？」

「あの……ぼっちゃんが――」ムゴが言い終わらないうちに、二発目の平手打ちが飛んできて、ムゴは、頭がぱかっと割《わ》れるんじゃないかと思った。足元に落ちている熟《じゅく》したトマトみたいに。

「ぼっちゃんはおまえのやとい主か？　ぼっちゃんがおまえに、キッチンの給金をくださるのか？」

「いいえ、ムゼー」ムゴは口の中で答えた。

「なら、なぜ、ぼっちゃんが、などと言う？　え？　おくさま《メムサヒブ》から、夕食はまだなの？　ってきかれたら、なんて答えりゃいい？　言ってみろ」

ここで何を言おうと、しかられるのはわかってる。だけどムゼー・ジョサイアだって、おれがこんなに遅《おく》れたのは「おくさま《メムサヒブ》」の息子と関係があるって、わかってるんじゃないか？　ムゴはまた身をすくめ、三発目を覚悟《かくご》した。ところが、ムゼー・ジョサイアはムゴの両肩《りょうかた》を上からぐいと押《お》して、床《ゆか》に両ひざをつかせた。

「落ちた野菜をひろえ。もったいないだろう！　時間ばかりか、野菜までむだにしようってのか！　よく洗《あら》ってから切れよ！　早くしろ！　むううう！」ムゼー・ジョサイアはうなった。ゾウは、一度怒《おこ》らせるといつまでもおぼえているという。ムゼー・ジョサイアもきっと、ゾウと同じくらい長くおぼえているんだろうと、ムゴは思った。

外の洗《あら》い場でジャガイモをごしごし洗《あら》い、皮をむきながら、ムゼー・ジョサイアがキッチンでぶつくさ言うのを聞くまいとしたが、「まったく、あいつはばかか？」「白人《ワズング》のもとで働くなら、時間を守れってんだ！」などと言っているのが聞こえてきた。ムゴは歯を食いしばった。ぼっちゃんは白人だけど、どう見ても「時間」なんて気にしていなかった。こっちばかりしかられるなんて、ひどいよ！――ところが、少しすると、ムゼー・ジョサイアのつぶやきはハミングに変わり、しまいにお気に入りの歌を歌いだした。

「見よや十字架《じゅうじか》の旗高し……」（賛美歌三七九番、「見よや十字架の」。キリスト教徒がイエスの十字架のもとに団結して戦えば必ず勝利する、という歌詞）

ムゼー・ジョサイアとおくさんのママ・マーシーは、キリスト教徒だ。ふたりは週に一度、いちばん上等な服を着て出かけていく。木造の小さな建物の中でほかのキリスト教徒たちと会って、いっしょに祈《いの》るためだ。ブッシュをつっきれば半分の時間でいけるのに、ふたりはきまって道路を歩き、まわり道をして出かけた。ムゴの母さんは、あの人たち、よそゆきの服を着ているところをみんなに見せたいのよ、と冗談《じょうだん》めかして言っていた。ムゴは幼《おさな》いころ、教会にいく習慣のないほかの家の子どもたちといっしょに、教会に出かける人たちをながめては、おもしろ半分にあれこれ言っていた。「見よや十字架《じゅうじか》の」という賛美歌をはじめて聞いたのは、そんなときだった。そのころ、ムゴはまだ英語がわからなかったが、兄さんのギタウが歌詞《かし》の意味を教えてくれて、こう言った。キリスト教徒が戦争の歌を歌うなんて、おかしいよな。校長先生はいつもぼくら生徒に、キリスト教徒は平和を愛しています、って言ってるのに、と。

今、ムゴは、ムゼー・ジョサイアも平和的っていうより好戦的って感じだよなあ、と思っていた。野菜の下ごしらえを終えると、それを持ってキッチンにもどった。ムゼー・ジョサイアはボウルの中身をざっと見て、野菜がぜんぶ、望みどおりの大きさに切ってあるのを確かめると、次の仕事を命じた。

「まきをもっと持ってこい。コンロの火が消えちまってもいいのか？」

ムゴはまた外に飛びだした。なんでもおれのせいにするんだから！　午前中、木の枝をたくさん切って、馬小屋の横につみあげた。それをキッチンの外の物置へ運ぶつもりだったけど、おくさま《メムサヒブ》に呼《よ》ばれて、本のつまった箱を車に運ぶのを手伝ってと言われたんだ。そのあと、ムゼー・ジョサイアがありったけのナイフとフォークとスプーンをよこして、みがいておけと言ったから、まきのことは忘《わす》れちまって……。

空は紫色《むらさきいろ》に暮《く》れ、あたりは暗くなってきている。高くそびえるキリニャガ（キクユ語でケニア山のこと）の下のほうの斜面《しゃめん》はもう全然見えない。それに、雲がたれこめてきたらしく、空気が重い感じがする。乾期《かんき》の終わりを告げる雨を、だれもが心待ちにしている。

草地を走って馬小屋のほうへいくとちゅう、マシューの部屋に明かりがともっているのが見えた。まきを両腕《りょううで》に山ほどかかえてもどってくるときには、建物に近いところを歩き、マシューの窓《まど》の下にくると歩みをゆるめた。白人のぼっちゃんは机《つくえ》に向かって腰《こし》かけ、一枚《まい》の紙をじっと見ているところだった。机《つくえ》には、うすい板から切りだしたパーツがたくさんならべてある。あれを組み立てて、また飛行機の模型《もけい》をつくり、ほかのといっしょに棚《たな》にかざるんだな。できあがったら、きっと見せにきて自慢《じまん》するだろう。その声が聞こえるようだ。「こんなのつくれる？　ムゴ」

「まきはどうした？　あいつはどこへいった！」ムゼー・ジョサイアが文句を言っている声が、あけっぱなしのドアから聞こえてきたので、ムゴはあわててキッチンへ走った。

ダイニングルームから、ベルの音が鳴りひびいた。ムゼー・ジョサイアがトレイを持って、大またに歩きだす。ムゼー・ジョサイアが白人のために料理することをおぼえたのは、イギリスがヒトラー（ドイツ、ナチ党の党首。一九三三年から四五年までドイツを独裁的に支配し、一九三九年に第二次世界大戦をひきおこした）を相手に戦った第二次世界大戦中のことだった。そのせいか、ムゼー・ジョサイアは今も軍隊にいるみたいな歩き方をする。ムゴはムゼー・ジョサイアにつづいて、料理の入ったふたつきの小さめの器を左右の手にひとつずつのせ、目をふせてそっと歩いた。ムゴは、「おくさまのセット《メムサヒブ》」とムゼー・ジョサイアが呼《よ》んでいるひとそろいの食器の中の大皿を一枚《まい》、うっかり落として割《わ》ってしまってからというもの、料理や食器を運ぶときは緊張《きんちょう》する。

キッチンで働くようになったばかりのころ、その「セット」を見て目をみはったものだ。大皿、小皿、カップなど、形のちがうたくさんの食器に同じ絵が描《か》かれていて、食器を洗《あら》ってもその絵はけっして消えない。どんな絵かというと、空に青い鳥が飛んでいて、その下に幹の曲がった青い木があり、鳥の羽根みたいな形の葉をつけている。青いのっぽの家の屋根は、はしのほうが少しめくれたような形。そして、川にかかる小さな青い橋を小さな小さな人たちがわたっている。この人たちはだれですか？　とムゼー・ジョサイアにたずねたら、中国の人たちだという答えが返ってきた。だけど、ムゴが皿を割《わ》ってしまったとき、おくさま《メムサヒブ》はシンクの横の石の床《ゆか》に散らばったかけらを見て、何度も言った。「この陶器《とうき》ははるばるイギリスから持ってきたのよ！　わかってるの、ムゴ？」

そのとき、おくさま《メムサヒブ》はムゴをきびしくしかり、一週間お給料はなしよ、と言いわたした。ムゴの目に涙《なみだ》がこみあげ、皿のかけらが水にしずみかけてるみたいに見えた。だけど、おくさま《メムサヒブ》とムゼー・ジョサイアがいってしまったあと、ひとりで床《ゆか》をほうきではいていると、槍《やり》の穂先《ほさき》みたいな形のかけらに、あの小さな橋がそっくり残っているのに気づいた。ムゴはそのかけらをかくしておき、あとから家に持ち帰って、小さな宝物《たからもの》を集めてある革袋《かわぶくろ》に入れた。その週は、母さんに給料をわたすことができなかった。父さんと母さんにしかられるまでもなく、失敗がくやまれてならなかった。ただひとつのなぐさめは、小さな小さな人たちのいる小さな橋が、自分の宝《たから》物袋《ものぶくろ》に入っていることだった。それはイギリスから運ばれてきたが、中国のものでもあるらしかった。

ムゴはムゼー・ジョサイアにつづいてダイニングルームに入ったが、マシューとは絶対に目を合わせないと決めていた。白人の三人、だんなさま《ブワナ》とおくさま《メムサヒブ》とマシューは、ムゼー・ジョサイアが料理の入った器や取り皿をおくさま《メムサヒブ》の前にならべるのをだまって見ている。ムゴは持っていたふたつの器をムゼー・ジョサイアにわたして、一歩さがった。ムゼー・ジョサイアがふたつの器をテーブルに置き、ふたを取ると、湯気があがり、おいしそうなにおいが広がったが、だれも何も言わない。ムゼー・ジョサイアがムゴに、陶器《とうき》のふたをふたつ、手わたしてよこした。ムゴはふいに空腹《くうふく》を感じた。朝から何も食べていない。だけど、まだしばらくは食べられない。白人の一家が食事を終え、自分が皿や鍋《なべ》をぜんぶ洗《あら》い終え、キッチンの床《ゆか》をはいて、ムゼー・ジョサイアからもう家に帰っていいぞと言われるまでは。

おくさま《メムサヒブ》が料理を三人分の皿に取り分けるあいだ、ムゴはムゼー・ジョサイアといっしょに器のふたを持って立っていたが、ふいにだんなさま《ブワナ》が沈黙《ちんもく》をやぶって言った。

「ムゴ、わたしは怒《おこ》っているんだ」

ムゴは、陶器《とうき》のふたを落とさないよう、持っている手に力をこめた。

「暗くなってから、おまえの父親とフェンスを修理したが、大変だったぞ。うちの息子が言うには、ふたりで遊んでいるときにフェンスがこわれているのに気づいたそうだな。なぜ、すぐ父親に知らせなかった?」

なんと答えればいい? だんなさま《ブワナ》にじっと見つめられている。おくさま《メムサヒブ》も料理をよそう手を止めてこちらを見ている。みんなに見られている。ムゴは深くうなだれた。

「息子はわたしが帰るのを待っていたと言っているが、おまえは父親に知らせることができただろう。カマウなら、そんなときどうしたらいいか知っている。そうだろう?」

「はい、だんなさま《ブワナ》」ムゴは口の中で答えた。

「聞こえないぞ!」

「はいっ、だんなさま《ブワナ》」

「なら、なぜ知らせなかった?」

ムゴは唇《くちびる》をかんで、返事をためらい、目のはしでマシューをちらっと見た。マシューはきつく腕組《うでぐ》みをして、テーブルをじっと見ている。わなをかぎつけた小動物のようだ。もし、この自分がだんなさま《ブワナ》とおくさま《メムサヒブ》に本当のことを話したら、マシューは罰《ばつ》を受けるだろう。空気銃《くうきじゅう》も取りあげられるにちがいない。

「答えられないのか? おまえはもっと責任感のある子だと思っていたが、がっかりだよ、ムゴ。カマウにもそう言ったがね」

だんなさま《ブワナ》はムゴに背《せ》を向けると、おくさま《メムサヒブ》に言った。「悪かったな。食事を始めよう」

ムゼー・ジョサイアは、だんなさま《ブワナ》がムゴを問いつめているあいだじっと立っていたが、料理の入った器にまたそっとふたをすると、ムゴの前に立ってキッチンにもどった。

ふたりともだまったままだった。ムゼー・ジョサイアは左右の眉《まゆ》をすっとあげてみせてから、フルーツサラダとなめらかな白いプディング（牛乳と卵を混ぜて蒸すなどしたデザート）をトレイにのせ始めた。ムゴはよごれた鍋《なべ》を集め、それを持って外に出た。蛇口《じゃぐち》から流れでた水がシンクに広がるみたいに、さまざまな思いが頭にうずまく。だんなさま《ブワナ》ががっかりしたんなら、おくさま《メムサヒブ》も、ムゴは信用できないと言うだろう。そして新しいキッチン・トトをやとうだろう。自分は職を失う。そしたら、母さんに毎週何シリング（東アフリカのイギリス植民地で使われていた通貨の単位。一シリングは百セント）かわたすこともできなくなる。母さんはそのお金を、ムゴの学費にするのだと言って、とくべつな革袋《かわぶくろ》に入れて首にかけてるっていうのに。もしかしたら、父さんも十分なお金をためることができず、おれは一生、学校にいけないかもしれない。

キッチンからは何も聞こえてこない。さっき、ムゼー・ジョサイアは眉《まゆ》をあげてたけど、何を言いたかったんだろう？　だけど、新しいキッチン・トトがくれば、ムゼー・ジョサイアもきっと喜ぶだろう。

ムゴはますます胃のあたりが痛《いた》くなってきた。家に帰って何か食べたいけど、帰れば父さんと顔を合わせることになる。しきりにまばたきをして涙《なみだ》が落ちないようにしながら、鍋《なべ》をこすってよごれを落とし、ゆすいだ。そして洗《あら》い終えた鍋《なべ》をきちんと重ねると、涙《なみだ》を腕《うで》でぬぐい、キッチンに入って、タオルで手をふいた。ムゼー・ジョサイアは、ダイニングルームに通じるドアの横のいすに腰《こし》かけて、おくさま《メムサヒブ》がベルを鳴らして用を言いつけるのを待っている。ムゴは、いっそ透明《とうめい》人間になれたらいいのに、と思った。

「そら、キッチン・トト！」

ムゴは、またしかられるのかと首をすくめ、いやいや目をあげた。するとムゼー・ジョサイアが、ウガリ（穀物やイモの粉を水にとき、火にかけて練ったもの。東アフリカ、中央アフリカでよく食べる）の入った小さな皿を持っていた。トウモロコシ粉のウガリには、おいしそうなにおいのするひき肉のグレービーソースがたっぷりかかっている。

「食っとけ！」ムゼー・ジョサイアが言った。

「ありがとうございます《アサンテ》、ムゼー」ムゴは驚《おどろ》いてお礼の言葉をもごもごつぶやくと、ぎこちなく皿を受け取った。ムゼー・ジョサイアはふだん、早い時間帯にウガリをつくっておく。きょう、ムゴは、もどってくるのがすごく遅《おく》れたから食べさせてもらえないんだと思っていた。これも罰《ばつ》なんだと。ところが、ムゼー・ジョサイアはとつぜん、やさしくしてくれた。ムゴにはなぜだかわからないが、たずねるつもりもない。

急いでまた外に出て、洗《あら》い場をすぎ、キッチンからもれてくる細い明かりがぎりぎりとどくあたりの地面に、あぐらをかいた。右手でウガリとグレービーソースをこねまぜて、小さく丸める。それを口に入れようとしたとき、暗がりから犬のドゥマが現れ、かけよってきた。ドゥマが鼻をこすりつけてきたので、ムゴも思わずちょっと笑った。

一九五一年十一月、ケニア高地

「よしよし、ドゥマ」ムゴはウガリの最初のひとくちをドゥマにやった。「いい子だ。おまえがうらやましいよ。このあと父さんにとっちめられたりしないんだから」

3　スミザーズ少佐《しょうさ》からの電話

夕食のあと、マシューは自分の部屋へにげこみたかったが、お母さんが、ここにいて、というようにマシューの肩《かた》をそっと抱《だ》いた。寄宿学校から帰ってきた土曜の夜は、居間でお父さんとお母さんといっしょに「家族の時間」をすごすことになっている。お父さんはウィスキーを、お母さんは小さなカップでコーヒーを飲み、マシューもいっしょにラジオをきいたり、蓄音機《ちくおんき》でレコードをきいたり、あれこれ話したりする。そうした土曜の夜のひとときに、マシューは、自分が留守のあいだグレイソン農場とその近辺でどんなことがあったかを知るのだ。だけど今夜は、お父さんにしかられたばかりなので、居間にいたくなかった。

「部屋にいっちゃ、だめ？　スピットファイア（イギリスの戦闘機。第二次世界大戦で活躍した）の模型《もけい》をつくってるとこなんだ」マシューは、なんて情けない声なんだと自分でも思いながら、お母さんにきいてみた。

「それはあとでもできるでしょ」

「なら、居間でつくってもいい？」

「いけません！」お母さんはラジオのつまみをまわして周波数を合わせながら、雑音に負けまいと声をはりあげた。「あちこち糊《のり》だらけにしてしまうでしょ。さあ、ちょっとゆっくりすわりましょう。きょうはあなたの顔をほとんど見なかったわ」

マシューは、シマウマやライオンの毛皮の敷物《しきもの》ほどちくちくしない花柄《はながら》のカーペットの上に寝《ね》そべって、古いコミック本の『スーパーマン』の世界に入りこもうとした。お父さんは自分でグラスにウィスキーをついで、革張《かわば》りのアームチェアに深々と腰《こし》かけ、新聞を広げた。そのようすからきげんの悪さが伝わってきて、マシューはコミックに集中できなかった。さっきお父さんがムゴを問いつめたときのことが、頭からはなれない。ムゴはよくやってくれた。ひとことも秘密《ひみつ》をもらさなかった！　本当に口がかたい。もし戦争にいっていたら、偵察兵《ていさつへい》になれたかもしれない。ナチにつかまって恐《おそ》ろしい拷問《ごうもん》を受けても情報をもらさなかったという、偵察兵《ていさつへい》に。

お父さんがとつぜん大きな声で言った。「信じられるかい、メアリ？　ニエリ（ケニア中南部の町）で事件を起こしたマウマウの連中が、無罪放免《ほうめん》だとさ！　警察《けいさつ》は、ただのひとりのキクユ人からも、マウマウに不利な証言をひきだせなかった！　証言を拒《こば》んだ連中は、マウマウをひどく恐《おそ》れているか、自分もマウマウの一員か、どちらかだな」

マシューは顔をあげて、お父さんの話のつづきを待った。だけど、お父さんがマシューの前でマウマウの話を始めると、お母さんが話題を変えてしまうことが多い。三人ともだまりこみ、次の瞬間《しゅんかん》、電話が鳴りだした。

お母さんが電話に出たが、すぐに送話口を手でおおい、小声でお父さんに言った。「ジャック、スミザーズ少佐《しょうさ》からよ。なんだかあわてていらっしゃるみたい」

スミザーズ少佐《しょうさ》は、近くに住んでいるお年寄りだ。スミザーズ少佐《しょうさ》とマシューのお祖父さんが、ケニア山のふもとの土地、五千エーカー（面積の単位。一エーカーは約四〇四七平方メートル）ずつを買ったのは、ヨーロッパで第一次世界大戦が始まる直前のことだった。ふたりとも、妻と幼《おさな》い息子を連れて、同じ船でイギリスから植民地のケニアへわたってきた。その地を治めるイギリスの総督《そうとく》が白人の入植者に農地をとくべつ安く売ろうとしている、と聞いて、新たな土地で新たな生活を始めようと考え、やってきたのだ。首都のナイロビで、ふたりは同じ仲介《ちゅうかい》業者から土地を買った。よく肥えた土地で、家畜《かちく》を育てるのにも向いているし、働き手にも不自由しませんよ、と仲介《ちゅうかい》業者は言った。マシューのお祖父さんはよくこぼしていた。あの仲介《ちゅうかい》業者は総督《そうとく》から安く買い取った土地をわれわれに高く売りつけてたんまりもうけたのだ、と。ともあれ、イギリスからきた二家族は、おおざっぱな地図と土地の売り渡《わた》し証をもらうと、ナイロビでやとったスワヒリ人の料理人をひとりずつ連れて、牛のひく車に乗り、ケニア高地に向けて出発した。

買った土地に着くと、地元のキクユ人の手を借りて、枝を組みしっくいで塗《ぬ》りかためた質素な家を建て、土地を切りひらき、すきで耕した。やがて、ヨーロッパで戦争が勃発《ぼっぱつ》するとすぐ、スミザーズ少佐《しょうさ》は、妻と幼《おさな》い息子のフランクを料理人にたくして、出征《しゅっせい》した。そのあとは、マシューの祖父のグレイソン氏が、少なくとも週に二回、ふたりが無事に暮《く》らしているかどうか確かめるため、馬に乗ってスミザーズ農場へいくようになった。ときには自分の息子——マシューの父親——をいっしょに連れていき、フランクと遊ばせることもあった。スミザーズ少佐《しょうさ》は四年後に戦場から帰還《きかん》したが、精神的にまいっているのはだれの目にも明らかだった。農場の経営も満足にできず、ひきつづきグレイソン氏の力を借りることになった。スミザーズ少佐《しょうさ》はひどく怒《おこ》りっぽくなっていて、息子のフランクは、自立できる年になるとすぐ、ナイロビに働きにいってしまった。そんなわけで、マシューのお父さんは、父親から農場を受けついだとき、やっかいな少佐《しょうさ》も、いちばん近くに住む隣人《りんじん》として受けついだのだった。

お父さんは、お母さんにかわって電話に出ると、受話器を耳から少しはなした。少佐《しょうさ》は耳が遠いので、話す声が大きくなりがちだ。少佐《しょうさ》が何度も苦しそうに息を吸《す》いこみながら、耳ざわりなしゃがれ声でこんな話をするのが、マシューのところにまで聞こえてきた。農場の監督《かんとく》のフセイニから聞いたのだが、フェンスの有刺鉄線《ゆうしてっせん》が何者かに切られたようだ。フセイニは、使用人の居住区にある自分の家に帰るとちゅうでそのことに気づき、もどってきてわしに報告した。フセイニもうちの家内も心配している……。

お母さんが、あいかわらずね、というように両眉《りょうまゆ》をあげて、ため息をついた。少佐《しょうさ》は自分が心配しているとはけっして言わないよね、とふだん家族で冗談《じょうだん》半分に話していたのだ。マシューは、うちのフェンスもこわされたんです、とお父さんが話すかなと思ったが、お父さんはそのことにはふれず、少佐《しょうさ》にこう言った。家じゅうのドアと窓《まど》に鍵《かぎ》をかけ、銃《じゅう》をベッドのわきに置いて休んでください、地区長官（イギリス植民地政府の行政官で、判事も兼任した）には知らせておきます、わたしもあすの朝いちばんにそちらへうかがいます、と。

「何かあったら、また電話してください」お父さんはそう言うと、受話器を置いた。その表情は暗い。

「うちも侵入《しんにゅう》されたようだと話したところで、なんにもならない。地区長官には今夜知らせるが、長官も夜が明けるまでは動けないだろう」お父さんはきびしい表情でマシューのほうを向いた。

「ことの重大さがわかったか？」

マシューはうなだれた。胃がしめつけられる。

「部屋にいって、模型《もけい》づくりのつづきをしたら？」お母さんがそっと言った。

お母さんはあきらかに、マシューにここにいてほしくないと思っている。お父さんが地区長官と、これからどうするべきか電話で話しあうのを、聞かせたくないのだ。マシューはコミック本をひろい集め、ゾウの脚《あし》でできたスツールの上に重ねて置いた。

「あとでおやすみを言いにいくわ」お母さんはほほえんでみせたが、心配そうな表情をかくしきれていなかった。

4 警告《けいこく》

一九五一年十一月、ケニア高地

ムゴはムゼー・ジョサイアから、仕事をぜんぶ終えるまで帰ってはいけないと言われていた。その日最後の仕事は、本当なら午後にすんでいるはずの靴《くつ》みがきだった。疲《つか》れていたから、靴《くつ》をぴかぴかにみがきあげるのは大変だった。やっとみがき終えた学校用の靴《くつ》を白人《ムズング》のぼっちゃんの部屋にもどそうと廊下《ろうか》を歩いていると、そのぼっちゃんがだんなさま《ブワナ》の書斎《しょさい》から出てきて、ドアをすばやくしめた。そして顔を赤らめ、ムゴのまん前までくると、両手の親指を立てて小声で言った。

「上出来だったよ、ムゴ！　ほら、夕食のときに「上出来」だったとは思えない。

ムゴは目をふせた。自分ではちっとも「上出来」だったとは思えない。

「靴《くつ》を持ってきてくれたんだね？　ちょっと待ってて、わたしたいものがあるんだ」

マシューは急いで自分の部屋にいき、すぐにまた出てきた。片手《かたて》でムゴから靴《くつ》を受け取り、もう片方《かたほう》の手を開いてみせる。そこにはキャンディがいくつかのっていた。黄色くて小さなレモンみたいな形のと、黒と白のしまもようのがあって、ひとつひとつが透明《とうめい》なつやつやの紙につつまれている。ムゴはためらった。くれるっていうのは、このうちのひとつ？　それともぜんぶ？

「ほら、ムゴ、受け取って！　学校の売店で買ったんだ。黄色いのは、中にレモン味の粉末ソーダが入ってる。食べると元気が出るよ！」マシューは手をのばし、キャンディをばらばらとムゴの手のひらに落とした。ムゴが指を丸めて受けとめる。マシューは、ムゴのきげんを取ろうとするみたいに、ちょっと笑ってみせた。

ムゴは、家族が寝《ね》る家と母さんの炊事《すいじ》小屋のあいだで、たき火のそばにすわっていた。月は出ていない。キリニャガの頂上《ちょうじょう》から巨大《きょだい》な夜のマントがふりおろされて、ムゴたちの家を木のしげる山の斜面《しゃめん》と闇《やみ》のほうへひきよせ、つつみこんでしまったかのようだ。たき火がパチパチ音をたて、しげみではたくさんの虫が鳴いている。いつもよりけたたましく鳴いているみたいだ。空気がどんよりと重たい。たぶん、今夜、雨がくるだろう。大地は雨をむかえる準備ができている。

ムゴは、ハイエナのかん高い声と、カバが川でブーブー鳴く声を聞きながら、たき火のむこうにいる父さんが食事を終えるのを待っていた。ムゴの片手《かたて》には、木の切れはしがある。ムゼー・ジョサイアのコンロにくべないですんだ、最後の切れはしだ。もう片方《かたほう》の手には小さなナイフを持っている。木彫《きぼ》りのゾウをつくろうとしていて、どんな形にするかは決めているが、まだ始められないでいる。本当は、父さんに問いつめられなくてすむよう、弟や妹といっしょに早く寝《ね》てしまいたかった。だが、父さんから話があると言われていた。あのフェンスのことにちがいない。

背《せ》が高くてやせている父さんの体全体から、怒《いか》りが伝わってくるような気がした。母さんは何も言わず、父さんに食事を出していた。ふだん、母さんは父さんをなだめるのが上手だが、きょうの父さんの怒《いか》りは母さんにもしずめられないだろうと、ムゴにはわかっていた。父さんの、太い眉《まゆ》と高い頬骨《ほおぼね》のあいだに深くくぼんだ目で、さぐるように見つめられるのがこわい。怒《おこ》っているときの父さんの目を見ると、ムゴは死んだじいちゃんを思い出す。すると恐《おそ》ろしくてたまらなくなる。土ぼこりの舞《ま》う村で暮《く》らしていたじいちゃんのことでいちばんよくおぼえているのは、その目にたえず怒《いか》りがくすぶっていたことだ。父さんにはあんなふうになってほしくないと、ムゴは思う。

父さんがまだ小さかったころ、冒険《ぼうけん》好きだったじいちゃんは、白人《ワズング》がやってくるといううわさが本当かどうか確かめようと、はるばるナイロビまで出かけていったそうだ。妻たちと子どもたちのことは、弟たちが自分の家族と同じようにめんどうを見てくれることになっていた。しばらくして親族は、じいちゃんが白人の軍隊にやとわれて働いていると聞き、きっと偉大《いだい》な予言者のムゴ・ワ・キビロの言葉にしたがったんだろうと思った。ムゴ・ワ・キビロは、白い肌《はだ》の人々が「火を噴《ふ》く棒《ぼう》」を持って侵入《しんにゅう》してくる幻《まぼろし》を見て、はっきりとこう助言したのだ。「その者たちの言葉を学べ！　力の秘密《ひみつ》を学べ！　そして、彼《かれ》らを追いはらうすべを身につけよ！」

ところが、じいちゃんの留守中に、白人《ワズング》の一家が牛のひく車に乗ってやってきた。その一家の長である白人の男は、「売り渡《わた》し証」とかいう紙きれを持っていて、そこには、その白人の男が土地の代金をはらったので、今からこの土地はその男のものである、と書いてあった！　じいちゃんの弟たちは、何かのまちがいだと抗議《こうぎ》した。そしてその白人に、神聖《しんせい》なムグモ（キクユ語でイチジクのこと）の木立のそばの、祖先が埋葬《まいそう》されている場所を見せ、ここはわれわれの聖《せい》なる土地だ、われわれ一族は何世代にもわたって、キリニャガ山のふもとのこの場所で暮《く》らしてきたのだ、と言った。しかし、白人の男は、ここの土地の所有者は自分だ、この「売り渡《わた》し証」がその証拠《しょうこ》だと言いはった。男は言った。これから家を建て、ブッシュを切り開いて「農場」をつくる。その手伝いをするなら、おまえたちも今までどおりここに住まわせてやる、と。じいちゃんの弟たちはあぜんとした。

弟のうちふたりが、ナイロビへじいちゃんをさがしにいったが、じいちゃんは所属する軍隊とともに旅立ったあとだった。それからまもなく、白人の部族のあいだで大きな戦争が始まったという知らせが伝わってきた。イギリスの白人とドイツの白人が戦っているという。そしてようやく、じいちゃんから伝言がとどいた。自分はイギリス軍の負傷兵《ふしょうへい》を運ぶ手伝いをしている。白人の将校《しょうこう》が言うには、この戦争は長くはつづかないらしい。戦争が終わったら、かせいだ金を持ってそっちに帰る、という内容だった。そこで、一族はしかたなく、もとの土地に住みつづけ、新しくやってきた白人のもとで働いた。そんなわけで、ムゴの父親のカマウは、背丈《せたけ》が母親の腰《こし》をやっとこえたころから、グレイソン農場で家畜《かちく》の番をするようになったのだった。

一方、戦争は長びき、じいちゃんは四年たってようやくもどってきた。だが、喜んでいたのもつかのまだった。じいちゃんは、家族が土地を白人にだまし取られたと知って驚《おどろ》き、激怒《げきど》した。すぐに荷車を借り、家族を連れて旅立った。ゆく先は、白人が「原住民居留地」と呼《よ》ぶところ以外になかった。そこは、もといた場所よりも土がかたく、乾燥《かんそう》していた。そしてすでに、ほかの白人入植者たちに追いだされた人々であふれていた。

しかしながら、この話にはまだつづきがある。じいちゃんは、息子のひとりを牧童として白人のもとに残していくことにした。言い伝えによると、キクユ人の信仰《しんこう》する神ンガイは、キリニャガの山の高みで最初の男と女を創造《そうぞう》し、ふたりとその子孫に、ふもとの美しい土地を手入れして守っていくよう、教えたという。だから、ンガイはきっといつか、土地をしかるべき持ち主の手にもどしてくださるだろう。それまでは、ここに残る若《わか》い息子が先祖の墓を守り、自分たちの土地に目を配っていなければならない、とじいちゃんは考えた。そして、その役目をはたす息子として選んだのが、ムゴの父親のカマウだった。カマウという名前には、「静かな戦士」という意味がある。一方、土地をうばって農園をきずいた白人の一家にも、カマウと同じ年ごろのジャックという息子がいた。ジャックは、学校にいっていないときはほとんどいつも、ブッシュでカマウといっしょにすごすようになった。

それから長い時が流れた。白人のだんなさま《ブワナ》が年を取って亡《な》くなると、カマウと遊ぶのが好きだった息子のジャックが、新たにグレイソン家の主人になった。ジャック・グレイソンはカマウに馬小屋をまかせ、カマウを「馬丁長」と呼《よ》んで、自分がいちばん気に入っている白い雄馬《おうま》の世話をするよう命じた。カマウがとくべつ動物の扱《あつか》いがうまいことを知っていて、家畜《かちく》が病気になると必ずカマウに看病《かんびょう》させた。ブワナ・グレイソンは、キクユ人の労働者をまとめることはスワヒリ人の監督《かんとく》にまかせていたが、だれよりもカマウを深く信頼《しんらい》していて、そのことはみんなが知っていた。


今、カマウは食事を終えると、あいた皿をムゴのほうへさしだした。ムゴはそれを受け取り、そのまま立ち去ろうとした。

「ムゴ！」カマウの声が飛んできて、ムゴは足を止めた。母さんがムゴの手からだまって皿を取る。

「はい、父さん《ンデイオ》！」ムゴはひそかにため息をつき、父親のところへもどった。

「有刺鉄線《ゆうしてっせん》が切れていることを、なぜ知らせにこなかった？」

「知らせたかったけど、うまくいかなくて……」

「なんだって？　舌がなくなったわけじゃあるまい。今はちゃんとしゃべってるだろう」

「はい《ンディオ》」

「なら、どうしたというんだ？」

ムゴはためらった。何から話せばいい？

「鞭《むち》で打たれないと、言葉が出ないか？」

「うまくいかなかったのは、ぼっちゃんがいっしょにいたからです」

「ふんっ。白人のぼっちゃんがなんだ。ほんの子どもじゃないか。おまえはもうじき一人前のおとなだ！　自分の落ち度を子どものせいにするようじゃ、まともなおとなにはなれんぞ」

ムゴははずかしくて、体じゅうが熱くなった。起こったことをぜんぶ話したとしても、父さんはおまえが悪いと言うだろう。

「ムゴ、父さんにちゃんと話しなさい」母さんがやさしく言った。「たとえまちがいをおかしたとしても、本当のことを話したほうがいいわ」

ムゴは大きく息をしてから、話しだした。

「ぼっちゃんが、フェンスの下をくぐってブッシュに入っちゃって、止められなかったんです。ぼっちゃんは空《くう》気銃《きじゅう》を使いたがっていて」

母さんが「まあ、なんてこと！」とつぶやく声が聞こえた。それでムゴは元気づいて、話をつづけた。少なくとも母さんはわかってくれそうだ。

話し終えると、気まずい沈黙《ちんもく》が流れた。たき火は小さくなっているが、虫はますますけたたましく鳴いている。ムゴは血管が大きく脈打っているのを感じた。きょうの午後のことをあらためて話してみると、なんてばかなことをしたんだろうと思えてくる。

最初に口をひらいて父さんに話しかけたのは、母さんだった。

「ねえ、あなたもだんなさま《ブワナ》も子どもだったときのこと、おぼえてる？　だんなさま《ブワナ》から、大きなバッファローの角を手に入れたいから手伝ってくれって、たのまれたんじゃなかった？」母さんの問いかけに、父さんは答えない。「そのせいで、ふたりともあやうくバッファローに殺されるところだったんでしょう。今、ムゴの話を聞いて、そのことを思い出したわ」

ムゴは唇《くちびる》をかんだ。母さんは父さんの怒《いか》りをしずめようとしてくれているみたいだ。以前、父さんも、バッファローの角の一件をおもしろおかしく話してみんなを笑わせ、まったく男の子ってのはばかなことをするよな、と言っていた。だけど今、父さんは笑っていない。

「遠い昔のことだ」父さんはそっけなく言った。「なあムゴ、まただんなさま《ブワナ》の家畜《かちく》の番にもどりたいか？　牧場にやられたいか？」

「いいえ《ハパナ》」とムゴは小さな声で答え、必死で首を横にふった。父さんは容赦《ようしゃ》がない。

「それとも、だんなさま《ブワナ》の家の中で働いて英語をおぼえたいか？　学校にいきたいか？」

「はい《ンディオ》」ムゴの目に涙《なみだ》がこみあげる。もちろん、英語をおぼえたいし、学校にもいきたい！　外の仕事に変えられたら、給料だってへってしまう。それに父さんは、兄さんのギタウがニエリの学校を卒業したら、次にはムゴの学費を援助《えんじょ》してもらえないか、だんなさま《ブワナ》にたのんでみるつもりでいるのだ。父さんの給料では、正式な修了証《しゅうりょうしょう》をくれる公立の学校に息子をやるのは、一度にひとりがやっとなのだ。

「それなら、慎重《しんちょう》にふるまって、二度とだんなさま《ブワナ》をあんなふうに怒《おこ》らせないことだ。あのフェンスが重要なのは、おまえだってわかってるだろう」

ムゴはうなずいた。だんなさま《ブワナ》がなぜ新しいフェンスを前のものよりはるかに高く、がんじょうにつくらせたか、ムゴはよく知っている。ベランダのふきそうじをしていたとき、地区長官がだんなさま《ブワナ》に注意しているのを、たまたま聞いてしまったのだ。地区長官はこう言っていた――

「マウマウの連中がナイロビからやってきて、農場の労働者をあおり、グレイソンさん、あんたに反抗《はんこう》させようとするだろう。やつらはむりやり誓《ちか》いを立てさせるんだ」。

「いいか、ムゴ……もしだんなさま《ブワナ》が、フェンスの有刺鉄線《ゆうしてっせん》を切るような連中におまえが手を貸そうとしていると思ったら、おれたち一家はどうなる？」

父さんにそう言われ、ムゴは雷《かみなり》に打たれたような気がした。考えてもみなかったが、その場合、だんなさま《ブワナ》からマウマウの一員だと思われるかもしれない！

「けど、父さん！」

父さんは、話は終わりだ、というように片手《かたて》をあげた。ムゴは説明したかった。自分はマウマウのことも彼《かれ》らの誓《ちか》いのことも知らない、知っているのは、マウマウが秘密《ひみつ》の組織で、それを恐《おそ》れた白人たちがマウマウをつかまえるってことだけなんだ、と。しかし、父さんは疲《つか》れたようすで、ムゴに手ぶりで、もういっていいと告げた。

ちょうどそのとき、ムゴは、雨つぶが顔にあたるのを感じた。いつもなら、乾期《かんき》の終わりを告げるすがすがしい雨を喜び、肌《はだ》と足元の土がぬれていく感覚を楽しんだだろう。だが今夜は、父さんと母さんにおやすみを言うのも忘《わす》れて、にげるように家に入り、干《ほ》し草の寝床《ねどこ》に身を投げだして毛布をかぶった。

5　外のあらし

マシューはぱりっとした木綿のシーツの下で体を丸め、雨がトタン屋根をたたく音を聞いていた。なんて運がいいんだ。朝になってお父さんがフェンスのまわりを調べるころには、自分とムゴがフェンスの外側に残した足あとは、雨に流されて消えているだろう。ふたりで川のそばまでいったことを、お父さんに知られることはない……。トタン屋根を打つ雨の音を聞いていると、いつもは自然に眠《ねむ》くなる。外の雨風から守られていると感じて、安心できるのだ。だけど、スミザーズ少佐《しょうさ》からあんな電話があったあとでは、とても安心できない。

おとなたちがマウマウについて話しているのを聞くのには、なれっこになっていた。とくに、白人が集まるクラブ（イギリスの植民地にあった、イギリス人同士が交流するための施設。レストランやスポーツ施設、宿泊施設などが整っていた）では、よくその話を耳にした。ただ、事件はどこで起こったんですか？　とたずねるといつも、「幸い、このあたりではないよ」という答えが返ってきた。たいていは、めったにいくことのない首都のナイロビや、ナイロビから北西に九十キロほどいったナイバシャや、アバデア山脈（ナイロビの北の山脈。最高峰三、九六二メートル）のむこうのリフトバレー（アフリカ大陸を南北に縦断する巨大な谷。大地溝帯ともいう）のどこかの町だった。

だが今夜、マシューはベッドの中で考えていた。もしかしたら、マウマウの連中がこのグレイソン農場のまわりをうろついているのかもしれない。昼間、ぼくはなんてばかなことをしたんだろう！　もし、あのフェンスを切ったのがマウマウの一員で、そいつとブッシュで出くわしていたら？　一本牙《きば》のゾウと出くわすよりも恐《おそ》ろしい思いをしただろうし……ムゴだって、白人入植者の子どものぼくを守ることはできなかっただろう。

雨がいっそうはげしく屋根をたたき、遠くで雷《かみなり》も鳴っている。小さいころ、外で遊んでいて雷雨《らいう》になると、よく馬小屋ににげこんだ。そしてカマウといっしょに、どしゃぶりの雨が果樹園《かじゅえん》やそのむこうのブッシュを水びたしにしていくのをながめた。カマウが聞かせてくれたお話の中で、創造主《そうぞうしゅ》のンガイは、怒《おこ》ると自分のすむ山のてっぺんから雷《かみなり》を落とした。それから、こんなお話もあった。あるとき、ゾウが背中《せなか》に野ウサギをのせて川をわたらせてやることになった。野ウサギはゾウに、むこう岸に着くまであなたのそのハチミツのびんを持っていてあげましょう、と言って、びんをあずかった。ところが、岸に着くころには、びんはからっぽになっていた。野ウサギは得意そうに笑っていたが、ゾウは野ウサギの裏切《うらぎ》りに激怒《げきど》して、復讐《ふくしゅう》を誓《ちか》った……。マシューは、カマウが話をしめくくるのを聞きながら思ったものだ。カマウはこの話を、とりわけ、農場の「ぼっちゃん」であるぼくに聞かせたかったんじゃないか？　それというのも、カマウはこう言ったのだ。「いいですか、ぼっちゃん、いつの日か、ンガイはゾウに力を貸すでしょう。そして、野ウサギはひどく後悔《こうかい》することになるでしょう。ぼっちゃん、忘《わす》れてはいけませんよ、ンガイはすべてを見ていらっしゃるということを」マシューは昼間のことを思い出し、身をすくめた。一本牙《きば》のゾウが怒《いか》りにまかせて何をしてくるかわからなかったあの瞬間《しゅんかん》を。そのとき、稲妻《いなずま》が夜空を切り裂《さ》き、マシューはまくらで顔をおおった。

6　見知らぬ人たち

真夜中に、ムゴは目をさました。最初に聞こえたのは、雨が地面をたたく音だった。小便をしたくてたまらなかったが、すぐには起きださないで、暗闇《くらやみ》に目がなれるまで待った。となりで寝《ね》ている弟や妹の体につまずいたら大変だ。つま先立ちで部屋の中を歩きだすと、額にぽとんと水が落ちてきた。わらぶきの屋根から、また雨もりしている。このまえの雨季に、父さんを手伝って屋根の修理をしておいたのに。父さんがいびきをかいて寝《ね》ているベッドには、なるべく近づかないようにして進む。父さんは眠《ねむ》りが浅い。ムゴは、これから立てる物音を雨音がかき消してくれますようにと願いながら、玄関《げんかん》の扉《とびら》の鉄のかんぬきをはずした。それから、きしむ木の扉《とびら》を少しだけあけて外に出ると、扉《とびら》をそっとしめた。

雨が滝《たき》のように、わらぶき屋根のへりから落ちてくる。それが小川のように地面を流れていくのを見て、外のトイレにいくのはやめにした。壁《かべ》に胸《むね》をくっつけるようにして急いで歩き、家の裏手《うらて》にまわりこむ。ここですませてしまおう。ムゴはゆっくり用を足しながら、さわやかな空気と湿《しめ》った土のにおいを楽しんだ。雨は恵《めぐ》みだ。それに、うまくいけば、みんな、フェンスが切られていたことなど忘《わす》れてしまうかもしれない。

闇《やみ》の中を手さぐりで玄関《げんかん》にもどりかけたとき、家のそばに自分以外の人間がいるのに気づいた。壁《かべ》に背《せ》をぴたりとつける。心臓《しんぞう》がどきどきしている。三人の人影《ひとかげ》が、どしゃぶりの雨の中、父さんと母さんが眠《ねむ》っている家の入り口へまっすぐ向かっていく。長い木の枝を持っていればふれそうなほど、近くを通った！　先頭のひとりは身をかがめ、手に何か持っている。あれは銃《じゅう》？　ドアにはかんぬきがかかっていないから、すぐに入れてしまう！　ムゴが家の中にもどってかんぬきをかける時間はない。

本能が、かくれろと命じた。菜園《シャンバ》のトウモロコシのあいだにかくれようか？　けど、何が起こっているのか、この目で確かめなくては。ムゴは雨の中を走って菜園《シャンバ》の入り口までいくと、中に入り、ふるえながら、とげのある生垣《いけがき》ぞいに手さぐりで進み、家の玄関《げんかん》の真横あたりまでいった。指をとげで傷《きず》つけながら生垣《いけがき》のすきまを見つけ、家のほうをのぞき見る。雨はわずかに勢いを落としていて、家の外にひとりの人かげが見えた。見張りのようだ。やがて、父さんと母さんらしき人かげが、よろよろと扉《とびら》から出てきた。きっと、ふたりともまだ半分眠《ねむ》っているんだ。大声や悲鳴はあげないが、母さんは父さんにぴったり身をよせている。弟と妹はどこだ？　父さんも母さんも、音をたてずにベッドから出ろと言われてそのとおりにしたから、弟たちはまだ眠《ねむ》っているのか？

さらにふたりの人かげが家から出てきて、何か話しだした。ムゴは耳をそばだてる。見知らぬ三人のうちのひとりは、目立って背《せ》が低く、そのかん高い声は雨の音にもかき消されず聞こえてきた。

「キッチン・トトはどこだ?」

「……ここにはいない……ときどきむこうに泊《と》まるんだ……キッチンで……白人《ムズング》に夜遅《おそ》くまで働かされて……」父さんが答えている。その声は低くて聞き取りにくかったが、父さんが腕《うで》を動かしてだんなさまの家《ブワナ》のほうをさしたのは見えた。

「うそをつくと、痛《いた》い目を見るぞ」相手の言葉が矢のように飛ぶ。

ムゴは口の中がからからにかわいていた。あの若《わか》い男たちはどうしておれのことを知っているんだ? もし、農場のだれかがこの男たちに密告《みっこく》したら、父さんのうそはすぐにばれてしまう。自分がキッチンの外の物置で寝《ね》たのは、一度きりだ。

「うそなんて、つくはずがない」父さんは落ち着いているようだ。「われわれはおとなしくついてきただろう?」

「見てきましょうか、隊長《ハパナ》?」玄関《げんかん》の前にいた見張りがそう言って、歩きだそうとした。

「いや。その必要はない。いくぞ」かん高い声が早口で言った。キッチン・トトはどこだときいたのと同じ声だ。銃《じゅう》も持っているし、どう見てもあの男がリーダーだ。それにしても、ずいぶん背《せ》が低い。おれとほとんど変わらない、とムゴは思った。つばのついた帽子《ぼうし》をかぶっているのはわかるが、顔は全然見えない。

三人の若《わか》い男は父さんと母さんをはさむようにして、足早にバナナの木が一列に植わっているほうへ進んでいく。そのむこうはムゼー・ジョサイアの家だ。ムゴはすごく迷った。家にもどって弟と妹のそばにいるべきでは？　父さんと母さんはきっと、ムゴにそうしてほしいと思うだろう。けど、あの見知らぬ男たちがふたりをどこへ連れていくのか、見とどけるのも重要だ！　今すぐあとを追わないと、こんな雨の夜にはすがたを見失ってしまう。

菜園《シャンバ》はバナナの木々のあたりまでつづいているが、畑のへりにはとげのある低木を何重にも植えた生垣《いけがき》があるから、そこから出ていくのはむずかしい。ムゴはしかたなく、急いでもどり、菜園《シャンバ》の入り口から出て、バナナの木々のほうへそっと走りだしたが、そのころにはもう、雨のふる闇《やみ》の中に父さんたちのすがたを見失っていた。だが、あの男たちはムゼー・ジョサイアの家に向かったのだろうと見当をつけた。昼間なら、バナナの木のあいだからムゼー・ジョサイアの家の玄関《げんかん》が見えるが、雨のしたたる葉をかき分けてバナナの木々のむこう側に出ても、何も見えなかった。足音を立てないようにして、もっと近づかないと。

ムゼー・ジョサイアはおくさんのママ・マーシーとふたりだけで暮《く》らしている。子どもたちは全員、もう成人して、ナイロビやニエリで事務員や教師をしている。きっと両親よりもかせいでいるだろう。バナナの木々とムゼー・ジョサイアの家の中間あたりに、大きなマンゴーの木がある。ムゼー・ジョサイアはよく自慢《じまん》していた。うちのマンゴーはおくさまの果樹園《かじゅえん》でとれるどんなマンゴーよりも汁《しる》が多くてうまいんだ、と。それに、自分のような料理人《メムサヒブ》は鼻がきくから、マンゴーをぬすみにくるガキがいればたちまち気づく、とも言っていた。けど、熟《じゅく》したマンゴーの実はつやつやの黄色で、とびきりうまそうなにおいがして、食べたくてたまらなくなる。たまに、ムゴは仲間といっしょだと気が大きくなって、危険《きけん》をおかし、そのマンゴーをひとつふたつぬすむことがあった。——そういうときと同じくらいどきどきしながら、ムゴは今、ゆっくりとその木に向かって歩いた。今夜は、仲間はいないが、そのかわり雨が足音を消してくれる。だが、びっしりしげったマンゴーの枝や葉のあいだに体をすべりこませると、無数の指で首をつかまれているような気がした。それからまもなく、どなり声とさけび声が聞こえ、つづいてもみあうような物音とかすかな悲鳴がひびいた。ムゼー・ジョサイアとママ・マーシーは、銃《じゅう》をつきつけられても、父さんと母さんのように静かに連れだされたりはしなかったようだ。

「こいつらをだまらせろ！」リーダーのかん高い声がひびく。「急げ《ハラカ》！　早くしろ！　こいつらのせいで遅《おく》れてしまう！」

遅《おく》れるって、何に？　言わなくても、みんなわかっているみたいだ。ムゴも、心臓《しんぞう》がはげしく打っている胸《むね》の中では、わかっていた。それに、やつらがなぜ自分のことも連れていこうとしたのかも、わかっていた。

7　真夜中の集会

ムゴはぎりぎり気づかれずにすみそうな距離《きょり》を取って、あとを追った。父さん、母さん、ムゼー・ジョサイアとママ・マーシーを連れ去った三人の若者《わかもの》は、ブワナ・グレイソンの家をかこむフェンスからはなれたところを進んでいく。ドゥマのほえる声が聞こえた気がした。前をいく七人がコショウボク（ウルシ科の常緑樹。胡椒の実に似たあざやかなピンク色の実をつける）の木立に入ったので、少しほっとした。ムゴが毎日、ムゼー・ジョサイアに言われて酪農場《らくのうじょう》に牛乳《ぎゅうにゅう》を取りにいくときに通るのと、同じ道をたどっている。雨にずぶぬれで、あたりはまっ暗だが、この道にはなれている。とくに、コショウボクの木立には愛着がある。コショウボクの苗木《なえぎ》を植えたのはじいちゃんなのだ。白人の軍隊につい て戦争にいく少しまえに植えたらしい。ところが、父さんの話では、コショウボクの実をつむ楽しみを、じいちゃんは味わえなかったそうだ。

コショウボクの木立をこえると、道はくだり坂になって草地に入っていく。東側には、そまつな家が何列にもならんで立っている。ブワナ・グレイソンにやとわれている大勢の使用人が暮《く》らす家々だ。酪農場《らくのうじょう》は草地のもっと先、北西の方角にある。ムゴは坂のてっぺんで足を止め、前の七人が坂をおりきったと思えるまで待った。ぬれた土に足をすべらせて坂をころげ落ち、前をいくだれかにぶつかったりしたら大変だ。

そろそろ坂をおりようかと思ったとき、稲光《いなびかり》がして、空と大地が明るくなった。すぐ下の草地に目が吸《す》いよせられる。大勢の人が、使用人の居住区から酪農場《らくのうじょう》のほうへ向かっている！もう少しで酪農場《らくのうじょう》に着く。思ったとおりだ。ブワナ・グレイソンのもとで働いている人たちが全員、集められている。

耳をつんざくような雷鳴《らいめい》が頭上にとどろき、ムゴは見通しのいい坂のてっぺんから二、三歩後ずさりした。もう家に帰ったほうがいいんじゃないか？　稲光《いなびかり》で弟と妹が目をさまし、泣いているかもしれない。だけど、さっき一瞬《いっしゅん》見えた、みんなが酪農場《らくのうじょう》のほうへ急いでいるすがたが目に焼きついて、はなれない。びしょぬれでふるえながら、どうしようか迷っていると、また稲《いな》光《びかり》がした。前方の草地には、もうだれもいない。ムゴの足は勝手に動きだした。

ころげるように坂をくだると、背《せ》の高い草の中をなかば歩き、なかば走って進んだ。よく知っている道だから、ころぶことはないだろう。父さんや母さんやみんながどこに連れていかれたのかはわかったけど、それだけじゃたりない。そこで何が起きているのか、つきとめないと！　ムゼー・ジョサイアとママ・マーシー以外、あの見知らぬ若者《わかもの》たちに抵抗《ていこう》している人はいなかった。父さんはたしか、「われわれはおとなしくついてきただろう？」と言っていた。あの若者《わかもの》たちは、全然知らない人ではないのかもしれない。それも確かめないと。

酪農場《らくのうじょう》の裏《うら》に近づくと、最初に聞こえてきたのは、雌牛《めうし》たちが囲い地でモーモー鳴く声と、のそのそ歩きまわる足音だった。囲い地のむかい側には、牛の乳《ちち》をしぼる細長い搾乳《さくにゅう》小屋がある。きっと、酪農場《らくのうじょう》係のワマイといううじいさんが、だんなさま《ブワナ》の言いつけにそむいて、雌牛《めうし》たちを囲い地に出したままにしたんだ。だんなさま《ブワナ》が、新しくやとったスワヒリ人の農場監督《かんとく》に、ワマイに目を光らせておくようにと言っているのを、ムゴは耳にしたことがある。「たとえ一頭でも、雌牛《めうし》が雷《かみなり》に打たれるのはごめんだからな！　雷雨《らいう》がきたら、必ずワマイに命じて、雌牛《めうし》を搾乳《さくにゅう》小屋に入れさせてくれ」と。しかし、その監督《かんとく》のジュマが病気の母親のところへいっているので、ワマイが雌牛《めうし》を小屋に入れたかどうか、確かめる者はいないし、ほかのだれかがだんなさま《ブワナ》に報告することもない。

搾乳《さくにゅう》小屋も、有刺鉄線《ゆうしてっせん》の高いフェンスでかこまれている。白人の農場の牛が夜のあいだに何者かによって殺された、という話を一度ならず聞いたブワナ・グレイソンが、最近、ここのフェンスも高くつくりかえさせたのだ。ムゴは低木のしげみのかげに身をひそめ、どうやってあのフェンスをこえよう？　と考えた。まずは、見張りがどこにいるか、確かめる必要がある。きっとふたり以上いるはずだ。ムゴはかがんだまま背の高い草の中をぐるりとまわって、搾乳《さくにゅう》小屋の表側までいった。意外にも、フェンスの門のところに見張りはいない！　だが、ひとかたまりの男たちが小屋の入り口にいる。ざあざあぶりの雨の中、そこにいれば、あまりぬれなくてすむからだろう。搾乳《さくにゅう》小屋のとなりには、ワマイの住む小さな家がある。そこからもれるぼんやりした明かりを受けて、何本かの長い鋼鉄《こうてつ》の刃《は》が光った。男たちはパンガ（刃はばの広い大型ナイフ）をふるい、バナナの葉やトウモロコシの茎《くき》でアーチ（〈マウマウ〉の宣誓の儀式の一部としてアーチをくぐることがあった）をつくっているようだ。夜中にパンガを持ってやってきたのが、アーチをつくるためだけならいいけど……。今のうちに門を通りぬけようか？　でも見つかったら、きっと追いかけられる！

今度も、足が勝手に動きだし、ムゴは気がつくと門に突進《とっしん》していた。そこから搾乳《さくにゅう》小屋の裏《うら》にまわりこむ。息を切らしながら、低木のしげみがいくつかあるのを見つけてほっとした。見張りが裏《うら》にやってきたとしても、しげみにかくれれば見つからずにすむかもしれない。小屋の壁《かべ》は、木の杭《くい》をならべて立てたものだ。杭《くい》と杭《くい》のあいだのすきまに、ムゴは目を押《お》しあてた。入り口につるしてあるハリケーンランプのぼんやりした明かりで見えるのは、はじめのうち、大勢の人かげだけだった。みんな、こちらに背《せ》を向けて立っている。ムゴはひとりひとりを見分けて父さんと母さんを見つけだそうとしたが、むりだった。

壁《かべ》にそって横に歩き、すきまからすきまへと移動してのぞいているうちに、ようやく父さんと母さんを見つけた。前から二列目くらいにいる。父さんはきびしい顔つきで、何を考えているのかわからないが、母さんは額をぬぐうようなしぐさをしている。頭が痛《いた》いときにするしぐさだ。

父さんと母さんのいる列のはしには見張りが立っていて、片手《かたて》で小さめのこん棒《ぼう》をくるくるまわし、疑《うたが》うような目でムゼー・ジョサイアとママ・マーシーをにらんでいる。ムゼー・ジョサイアは気をつけの姿勢《しせい》で立ち、まっすぐ前を見ている。ムゴはその顔を見て、怒《おこ》った表情の彫刻《ちょうこく》みたいだと思った。ムゼー・ジョサイアは、となりでママ・マーシーが、アリにでもたかられたみたいに肩《かた》をぶるっとふるわせたのに、気づかなかったようだ。ムゴの目に、母さんがママ・マーシーの腕《うで》にそっと手を置くのが見えた。すると驚《おどろ》いたことに、ママ・マーシーは母さんの手をにぎって、自分の胸《むね》にあてた。ムゴは目を疑《うたが》った。ママ・マーシーはだんなさま《ブワナ》の家の中で働いているのが自慢《じまん》で、いつもなら、おくさま《メムサヒブ》の果樹園《かじゅえん》の草取りをしている母さんやほかの女の人たちとは、親しくふれあったりしないのだ。

ほかの人たちの顔も、よく見てみた。多くの人は、緊張《きんちょう》と不安の入り混じった表情で、何かが始まるのを待っているようだ。もし、さっきの稲光《いなびかり》でだんなさま《ブワナ》が目をさまし、この秘密《ひみつ》の集まりに気づいたとしたら？　もし、すでに警官《けいかん》が警察犬《けいさつけん》を連れてここに向かっていて、集まった人たちをトラックに乗せて連れ去るつもりだとしたら？

だが、なかには全然こわがっていないようすの者もいた。わくわくしているように見える男の子たちもいる。ムゴより少し年上の子や、同い年ぐらいの子だ。ムゴは迷った。中に入って、あの子たちにくわわったほうがいいのでは？　みんなと同じ経験をすべきでは？　おれは臆病者《おくびょうもの》じゃないんだから！

そのとき、思い出した。父さんが、ムゴはだんなさまの家《ブワナ》のそばで寝《ね》ている、と言っていたのを。もし今、中に入っていったら、父さんの言ったことはうそだったと、あのリーダーに気づかれてしまう。リーダーは、「うそをつくと、痛《いた》い目を見るぞ」と父さんにはっきり警告《けいこく》していた。ムゴは雨に背中《せなか》を打たれながら、ふたたび杭《くい》のすきまに目を押《お》しあてた。このまま外にいるしかない。スパイのように。

会合は歌で始まった。歌声が雨音とまざるのを聞いているうちに、ムゴはもの悲しい気持ちになった。歌詞《かし》も、もの悲しかった。

悲しみと災いがやってきた
そうだ、悲しみと災いが
白人《ワズング》を受け入れたとき、
やつらに土地をぬすまれた

父さんと母さんはうつむいているので、歌っているのかどうかわからない。だけど、ムゼー・ジョサイアとママ・マーシーは、目も口もきつくとじている。きっと、キリスト教の神様に、どうかお助けくださいと祈《いの》っているんだ。

小屋の入り口に、リーダーが現れた。つばつきの帽子《ぼうし》の下から、短いドレッドヘアとぎらぎらした両目がのぞいている。その両目が小屋の中をさっと見わたした。リーダーの横にいる男が、紙に書かれた名前を読みあげていく。呼《よ》ばれた人は前に進みでて、それから数人ずつ小屋の外へ連れていかれた。ムゴは胸《むね》をしめつけられるような気がした。あの人たちは、さっき男たちがつくっていたアーチをくぐって、ワマイの家へ連れていかれるのか？　きっとそうだ！　そして、そこで重要な儀式《ぎしき》が行われるんだ！　それはふだん口にされることのない……儀式《ぎしき》に立ち会った人たちだけの秘密《ひみつ》で……みんながここに集められたのは、そのためなんだ。

小屋の外へ連れていかれた人たちがもどってくると、ムゴはその人たちの顔をじっと見て、連れていかれるまえとどこか変わっていないか確かめようとしたが、よくわからなかった。ついに父さんと母さんの名前が呼《よ》ばれると、また胸《むね》がしめつけられた。

「ギタウの息子、カマウ！　カマウの妻、ンジェリ！」

父さんと母さんが前に進みでた。

「ジョサイア・ムワンギ……ジョサイアの妻、マーシー」

ムゼー・ジョサイアとママ・マーシーは動こうとしない。ムゴはますます胸《むね》が苦しく、息がつまりそうになった。小屋の中にいる人たちはみな、だまっている。男がもう一度、さっきよりもぞんざいに名前を呼《よ》んだ。それでもふたりは動かない。次の瞬間《しゅんかん》、ムゼー・ジョサイアは肩《かた》をこん棒《ぼう》で思いきりたたかれ、つんのめってころんだ。

「立て！　時間をむだにするな！」

ママ・マーシーがおびえた小鳥のような悲鳴をあげて、夫を助け起こした。男がこん棒《ぼう》をふりあげ、ムゼー・ジョサイアをまた打とうとする。

「われわれは――この――誓《ちか》いを――立てるわけに――いかない！」ムゼー・ジョサイアが舌をもつれさせて言う。「われわれはキリスト教徒――」

こん棒《ぼう》がふりおろされ、ムゼー・ジョサイアは地面に両ひざをついた。三たびこん棒《ぼう》がふりあげられた次の瞬間《しゅんかん》、ムゴは息を飲んだ。父さんがこん棒《ぼう》をつかんで止めたのだ。空中で、こん棒《ぼう》がはげしくゆれる。

「お年よりに何をする！　暴力はやめてくれ！」父さんがリーダーにうったえる。

身長が父さんの胸《むね》ぐらいまでしかないリーダーが、帽子《ぼうし》のつばを持ちあげて、父さんを見あげた。父さんよりもずっと年下だが、非難《ひなん》されて腹《はら》を立てている。

「白人の入植者がわれわれの土地をぬすんだとき、やつらは年よりに容赦《ようしゃ》したか？」リーダーは、小屋にいる全員に聞こえるよう、声をはりあげた。「おまえが『だんなさま《ブワナ》』と呼《よ》ぶ白人は、われわれが声をあげないかぎり、絶対にここから出ていきはしない。若《わか》かろうが年よりだろうが、関係ない。おまえには、この誓《ちか》いを——われわれの土地と自由《イザカ・ナ・ウィヤジ》を求める誓《ちか》いを、立てる義務がある。それをこばむのは、白人の入植者に加担《かたん》したがっているということだ。おまえもわれわれの敵ということだ」

父さんが言いかえす間もなく、リーダーは入り口にいる男たちに合図した。すると、男たちはムゼー・ジョサイアの体をさっと麻袋《あさぶくろ》のように持ちあげた。そのまわりを何人もの若《わか》い男が取りかこみ、父さんと母さんのすがたは見えなくなった。だが、ママ・マーシーが抵抗《ていこう》する声が空気を切りさいてひびき、ムゴの耳にいつまでも残った。おそらくママ・マーシーはひきずられ、連れていかれたのだろう。

少しして、父さんと母さんが小屋にもどってきたが、ふたりの顔を見ただけでは、ワマイの家で何があったのかはわからなかった。父さんと母さんにたずねることも、絶対にできないだろう。ムゼー・ジョサイアは足をひきずり、石のようにかたい表情でもどってきた。ママ・マーシーの手をにぎっている。ママ・マーシーは顔をくしゃくしゃにして、どうしたらいいかわからないといったようすだ。しかし、みんなが次々に連れだされてはもどってくるうちに、搾乳《さくにゅう》小屋の中が活気づいてきたように見えた。なかには、出ていったときよりも背《せ》すじをぴんとのばし、目をかがやかせている人もいるように、ムゴには思えた。

雨は弱まったが、つめたい風が出てきた。この会合が終わらないうちに家に帰らないといけない。全員がいったんワマイの家へいってもどってきたようなので、もういかないと、とムゴは思った。ところがそのとき、リーダーが、誓《ちか》いの執行者《しっこうしゃ》の紹介《しょうかい》を始めた。その人は補佐役《ほさやく》を連れて、はるばるナイロビからきたのだという。ヨーロッパ風のシャツとズボンの上に毛布をはおったその男の人は、とても熱っぽく話すので、ムゴはひきこまれた。

その人ははっきりと言った。「白人はわれわれの敵だ！　白人はわれわれの土地をぬすんだ。土地はわれわれに返されなければならない。そのために、われわれは心をひとつにして行動する。そのために、キクユひとりひとりが、『団結の誓《ちか》い』を立てるのだ」

ムゴは、だれかがそんなふうに話すのを聞いたことがなかった。堂々と白人を非難《ひなん》する、心をふるい立たせるような言葉だった。あの人が「はい、だんなさま《ブワナ》」「いいえ、だんなさま《ブワナ》」などとブワナ・グレイソンに言っているところなんて、想像もつかない！　しかし、誓《ちか》いの執行者《しっこうしゃ》の話はまだ終わっていなかった。

「あなたたちは今、白人たちが『マウマウ』と呼《よ》ぶ組織の一員となった。植民地政府はわれわれの組織を違法《いほう》としている。組織のことは、仲間以外の者にけっして明かしてはならない！　もし明かせば、植民地政府によって監獄《かんごく》にほうりこまれる。われわれも、誓《ちか》いをやぶった者としてその者を殺す。その場合、手を貸そうという仲間はいたるところにいる」

ムゴの体がふるえだした。のぞき見しているのがばれたら、どんな罰《ばつ》を受けるだろう？　今すぐ、にげないと！　だが、すでに執行者《しっこうしゃ》の補佐役《ほさやく》が、キクユの昔ながらのあいさつと、仲間だけに通じるとくべつな握手《あくしゅ》のしかたを教えはじめていた。はじめて会う相手のところへ使いに出されたときには、そうした合図をして仲間であることを伝えればいい、と執行者《しっこうしゃ》は言った。ムゴはふたたび話にひきこまれ、すごいと思った。

ちょうどそのとき、執行者《しっこうしゃ》が腕時計《うでどけい》を見たので、ムゴはのぞき見していた場所をはなれ、きた道を急いで壁《かべ》づたいにもどった。ところが、小屋の角まできたとき、門のところにだれかいるのが見えた。まずい！　酪農場《らくのうじょう》係のワマイだ！　門を通れないなら、どうやってぬけだそう？　フェンスの下をくぐる？　いや、有刺鉄線《ゆうしてっせん》が地面のすぐそばにはってあるから、きっとひっかかってしまう。昼間、マシューが有刺鉄線《ゆうしてっせん》の切られたフェンスの下をくぐったことを思い出した。あのときは白人のぼっちゃんに腹《はら》を立てた。なんてばかなんだと思った。だけど、自分はもっとばかなんじゃないか？　父さんの声が聞こえるようだ。火がなぜ燃えているのか知りたがって火に首をつっこむのはばかだけだ、と言っている声が。

みんなが小屋から出てきたら、こっそりまぎれこもうか？　いや、きっとだれかに気づかれ、リーダーのところへ連れていかれる！　しかたない、みんながいなくなるまで小屋の裏《うら》にかくれていよう。――そう決めた瞬間《しゅんかん》、門のところの人かげがこっちを向いた。ムゴはかたまった。

「おい！　そこで何をしてる？」ワマイが怒《おこ》ったように手まねきした。

ムゴはワマイのほうへ歩きだし、深く息を吸《す》って、ふるえそうになるのをこらえた。そしてワマイの前までくると、片手《かたて》をさしだし、ついさっき杭《くい》のすきまから見たやりかたで握手《あくしゅ》をした。ワマイも同じようにした。

「おまえだったのか、ムゴ！　なんで外にいる？　みんな、まだ中にいるのに」ワマイがしょぼしょぼした目でじっと見つめてくる。ムゴの心を見すかそうとするように。

「使いを命じられたんです、ムゼー・ワマイ」ムゴは小さな声で答えた。「ほかの人たちもすぐに出てきます」

「そうか。なら、急いだほうがいいぞ」とワマイ。

「おやすみなさい、ムゼー」ムゴはそう言うと、風に追われるように走り去った。年よりのワマイに、新入りの「団員」だと思わせることができた。それしか逃《に》げ道はなかった。ムゴは必死で走りつづけ、コショウボクの木立につづく坂の下まできてやっと止まった。顔をあげて、キリニャガのほうを見る。雲の切れ間に星が二つ三つ、光っていた。ぬかるんだ坂を、じいちゃんが植えたコショウボクの木立に向かってのぼっていると、一番鶏《いちばんどり》がときをつくった。

一九五二年十二月（十三か月後）

8　マウマウごっこ

「ぼくがいちばん年上だから、司令官。マシューが副官だ」

ランス・スミザーズはそう言って、白人のためのクラブの前の刈《か》りたての芝生《しばふ》に集まった子どもたちを見わたした。マシューは両手をポケットに深く入れて、胸《むね》をはった。ランスはたった二、三か月年上なだけだが、何かにつけ仕切りたがることは、とっくにわかっていた。

ランスと両親は、お祖父さんのスミザーズ少佐《しょうさ》がいたころには、たまにクラブに顔を出すていどだった。ところが、少しまえにスミザーズ少佐《しょうさ》が心臓《しんぞう》発作で亡《な》くなると、その息子でランスの父親のフランクは、農場にひとり残された高齢《こうれい》の母親のことを心配した。マウマウが町からはなれた農場をおそう事件が、ふえていたからだ。ところが、マシューのお母さんによると、老スミザーズ夫人は絶対に農場をはなれないと言いはった。使用人はみな忠実《ちゅうじつ》だし、自分もまだ二十二口径の銃《じゅう》ぐらいあつかえる、というのだ。結局、フランク・スミザーズはナイロビでの勤《つと》めをやめて、妻と息子とともにケニア高地にもどってきて、みずから農場を経営することにした。

一家がこしてきたのは十月の終わり、ケニア総督《そうとく》が非常事態宣言《せんげん》を出したすぐあとの週末だった。老スミザーズ夫人は表だってはみとめないものの、じつは喜んでいるといううわさだ。ランスのお父さんは、地元の警察《けいさつ》予備隊に登録《とうろく》して警部補《けいぶほ》になっている。老スミザーズ夫人は「警部《けいぶ》補《ほ》の息子がね」というような言葉をよく口にするようになった。

フランク・スミザーズが農場をついだので、マシューのお父さんもお母さんもほっとしたようだが、マシュー自身も喜んでいた。ランスが寄宿学校に転校してきて、自分はマシューの隣人《りんじん》で友だちだとみんなに言ったときには、内心、得意な気分だった。寮母《りょうぼ》はランスをマシューと同じ部屋にして、マシューに、いろいろ教えてあげてね、と言った。ランスはすぐに学校生活の要領をつかみ、友だちをたくさんつくったが、マシューのことはとくべつあつかいして、今も「副官」にしてくれた。

「これから、マウマウのやつらをつかまえる!」マシューはそう宣言《せんげん》すると、芝生《しばふ》のむこうに高くそびえる山を見あげた。集まっているのは小さい子ばかりだ。なかには落ち着かないようすで、なんだかこわいな、という顔をしている子もいた。

「そんなこと、やりたくないよ!」ひとりが泣きそうな声で言った。

「ただの遊びだよ! ぼくとマシューで捜索隊《そうさくたい》を組む」ランスはそう言って、マシューにうなずいてみせた。それから、一学年下のずんぐりした男の子のほうを見た。

「ジョンはぼくたちの部下の監視兵《かんしへい》だ。三番コートで待機していてくれ」そう言って、塀《へい》にかこまれたプールの先の、子ども用のテニスコートを指さした。ジョンはうれしそうににっこりした。
「ほかは全員、マウマウだ。クラブの敷地《しきち》の中なら、どこにかくれてもいいぞ。ただし、建物には入っちゃだめだ。ぼくたちが百数えるあいだにかくれるんだぞ。ぼくたちが見つけてつかまえたら、テニスコートの収容所《しゅうようじょ》に入れて、ジョンが監視《かんし》する。つかまえる制限時間は、二十分だ。さあ、にげろ！」

小さい子たちは、きゃあきゃあ、わあわあさけびながらにげていった。すごい、とマシューは思った。みんな、ランスの言いなりだ！　ランスは思いついたことを言ってるだけなのに！

「副官！　右向け右！　百数えろ！」

マシューが右を向くと、クラブハウスの壁《かべ》と、ラウンジに出入りできるフランス窓《まど》（庭やバルコニーに出られる、大きな両開きの窓）が見えた。ラウンジの中ではおとなたちがバーカウンターの前に立ったり、アームチェアに腰《こし》かけて低いテーブルをかこんでいたりする。警察《けいさつ》予備隊のカーキ色の制服を着ている男の人も多く、マシューのお母さんはその人たちの制服を見ると戦争中を思い出す、と言っていた。お父さんとお母さんは、ランスの両親といっしょに、窓《まど》からそう遠くないところに腰《こし》かけている。マシューのお父さんもランスのお父さんも、回転式連発拳銃《リボルバー》をホルスターから出して、テーブルに置いている。

「一、二、三……」マシューは数えだしたが、すぐに声を小さくした。お父さんがランスのお父さんと言い争っている。ランスのお父さんが腹立《はらだ》たしげに言うのが聞こえた。

「ジャック、たしかにきみは、農業のことならわたしよりもくわしいだろうが――」

「使用人のことだってわかっているさ！」お父さんがいらいらした口調でさえぎる。「彼《かれ》らの言葉だってわかるし、子どものころから知っている者もいるんだ！」

「だからといって、彼《かれ》らを理解していることにはならん。マウマウの連中は、われわれのような人間とはちがうんだよ、ジャック！　やつらがニエリで自分たちと同じ民族の者に何をしたか、知っているだろう！　年よりや女や子どもを殺したんだぞ！　よきキリスト教徒を……しかもクリスマスイブに！」

「わたしが言っているのは、そういう人殺しのマウマウではなく――わたしの農場の、使用人のことだ！」お父さんがなんとか気持ちをおさえようとしているのが、マシューにはわかった。

「わたしは使用人のひとりひとりを知っている。その家族も知っている。何人かは、子どもの学費まで援助《えんじょ》してやっているんだ！」

「そんなことは関係ない」

「馬丁長のカマウなど、物心ついたころから知っていて、あいつにはただの一度も、不信感を持ったことなどない。あいつの家族にも仕事をあたえている！　次男にはキッチンの下働きの仕事を、妻には果樹園《かじゅえん》の仕事を。そして長男の学費も援助《えんじょ》している。カマウだって、どちらの側につくのが得か、わかっているはずだ」

「いや、ジャック、むこうはそういうふうには考えていないぞ」

「もしマウマウのテロリストがうちの農場にきて使用人を扇動《せんどう》したのなら、カマウが報告にきたはずだ」

「ふんっ！」ランスのお父さんは、信じられない、というように鼻を鳴らした。「戦争中、情報部員として働いた経験から、わたしはきみほど人を信用できなくなっていてね。やすやすと信じないほうが、安全なんだ」

ぎこちない沈黙《ちんもく》が流れた。五十六、五十七、五十八……マシューは数えつづけていたが、気がつくと声に出すのはやめていた。となりにいるランスをちらっと見る。ランスも親たちの会話を聞いているのがわかった。

「六十八、六十九、七十……」マシューは小さな声を出してつづけた。お母さんが、コーヒーのおかわりはいかが？　とたずねるのが聞こえてきた。いかにもお母さんらしい。ふんいきをやわらげようとして、つとめて明るい声で話している。お母さんは話題を変えた。

「ランスは新しい学校になれたかしら？」

「おかげさまで、かなり楽しいみたい」ランスのお母さんも調子を合わせる。「わたしもうちの人も、マシューにとても感謝しているの。マシューは本当に……」そのあとは聞こえなくなった。ランスがとなりで、大きな声で数えだしたからだ。

「九十一、九十二、九十三……」マシューも声を合わせて数えると、ラウンジの親たちの会話は聞き取れなくなった。

「百！」ランスが芝生《しばふ》のむこうにさけんだ。

マシューもそちらを向いた。見わたすかぎり、子どもはひとりもいない。ジョンだけがテニスコートのそばに腕組《うでぐ》みをして立ち、捕虜《ほりょ》が連れてこられるのを待っている。

「クリケット（イギリスや元イギリス領諸国で人気の球技）の観覧席《かんらんせき》を見てくる。マシューはコテージのほうを調べろ」ランスが命じた。「抵抗《ていこう》する者があれば、大声で知らせるんだぞ！」そう言うと、マシューの返事も待たずに走り去った。

マシューは苦笑いをした。ランスの助けは必要ないだろう。捕虜《ほりょ》にする子どもたちは、全員九歳《さい》以下だ。非常事態宣言《せんげん》が出て以来、町から遠くはなれた農場の家族は、どうしても必要なとき以外、町に出てこなくなった。だから、クラブにお茶を飲みにきたり、昼食を取りにきたりする人も減った。きたとしても、夜遅《おそ》くまでいたり泊《と》まったりはしない。暗くなるまえに家に帰って、フェンスの中にいるのがいちばんなのだ。

マシューは全速力で芝生《しばふ》をかけぬけ、宿泊用《しゅくはくよう》のコテージがいくつか立っているほうへ向かった。

角を曲がり、最初のコテージまでいかないうちに、小さい子が何人もブーゲンビリアのしげみにかくれているのを見つけた。なだれ落ちる滝《たき》のように咲《さ》くオレンジ色の花のかげに、かたまっている。マシューがひとりひっぱり出すと、残りの子たちもおとなしくぞろぞろと出てきて、マシューのあとについて「収容所《しゅうようじょ》」に向かって歩きだした。

「みんな、ちっともマウマウらしくないな」マシューは少しむっとして言った。

十分もしないうちに、マシューとランスはほとんど全員をつかまえてしまった。だれも抵抗《ていこう》しなかったので、あまりおもしろくなかった。

「きみのお父さん、いつ警察予備隊《けいさつ》に登録するんだよ？」最後につかまえた子をテニスコートに連れていきながら、ランスがきいてきた。ランスは学校で、うちのパパはもうすぐ警部《けいぶ》に昇格《しょうかく》するんだと、みんなに自慢《じまん》していた。

「登録するって言ってるよ……状況《じょうきょう》が今より悪くなったら」ランスにずばりときかれて、マシューははずかしかった。

「今すぐ登録すればいいのに。マウマウをやっつけたければ自分たちでやるしかないって、うちのパパは言ってる。のんびりかまえて政府が何かしてくれるのを待ってたら、皆殺《みなごろ》しにされてしまう、って」

マシューはだまっていた。本当は……うちのお父さんだって『のんびりかまえてる』わけじゃないんだと言いたかった。お父さんはフェンスを二重にしていた。家から百メートルたらずのところに、もうひとつフェンスをつくらせたのだ。そしてそのフェンスを、夜も昼も休みなく、北部出身の背の高いトゥルカナ人の男たちに見張らせている。その男たちは、このあたりのキクユ人ともマウマウともまったく無関係だから、安心なのだ。それに、お父さんは今では、どこへいくにも、家の中でさえ、リボルバーを持ち歩いている。お母さんにまで射撃《しゃげき》の練習をさせて、専用《せんよう》の自動式拳銃《ピストル》を持たせている。

だけど、もしランスのお父さんの言うとおりだとしたら？　うちのお父さんが、使用人を信用しすぎているんだとしたら？　農場主のなかには使用人を鞭《むち》で打たせる人もいるけど、お父さんはそんなことはしない。一方、ランスのお祖父さんが農場の監督《かんとく》に、カバの革《かわ》の鞭《むち》で使用人を打たせていたことは、だれもが知っている。お父さんは、「そんなことをすれば使用人が反発する」と言って、絶対に鞭《むち》で打たせたりはしなかった。だからこそ、うちの農場の使用人は裏切《うらぎ》ったりしない、と思っているのだ。だけど、本当にそうなのかな？

マシューは落ち着かない気持ちで、夕方までクラブですごした。ランスの命令で解放された「捕虜《ほりょ》」の子どもたちは、テニスコートをはなれ、ぞろぞろとダイニングルームに入っていって、ジュースを飲んだり、ケーキやビスケットを食べたりした。マシューは気がつくと、黒人のウェイターたちをじっと見ていた。いつも礼儀正《れいぎただ》しくて、ときには冗談《じょうだん》を言ってぼくといっしょに笑ったりもするウェイターたち。笑顔の下に、別の思いをかくしていたりするんだろうか？　あのウェイターたちのなかにも、本当はマウマウを支持していて、ぼくのことをきらっている者もいるんだろうか？

こんなやっかいなことを考えるのはよそう、とマシューは思った。お父さんと話したい。いや、お父さんとお母さん、ふたりと話したい。ぼくはもう小さな子どもじゃないってことを、お母さんにわかってもらわないと。お母さんの言う「おとなの問題」のことを、何も聞かせてもらえないのはもういやだ。さっきランスのお父さんと話してたことを聞いていたんだ、と打ち明けて、そのあとランスが言ってたことも伝えたい。聞いたことをはっきりおぼえているうちに。そうだ、家に帰る車の中で話せばいい。

いや、それはできない！　なぜ忘《わす》れてたんだろう？　帰りの車の中は、お父さんとお母さんとぼくの三人だけじゃない。けさ、町へくるとき、車の後ろの座席《ざせき》にカマウとムゴも乗せてきたんだった。何日かまえにカマウがお父さんのところにきて、「急な知らせがありました。妹が病気だそうです」と言ったのだ。そこでお父さんは、きょう、カマウとムゴを町まで乗せてくることにした。そしてクラブとは町をはさんで反対側の、カマウの妹が住んでいるキクユ人の指定居住区域《くいき》の外でふたりをおろし、四時に同じ場所でふたりをひろうと約束した。きのうの夜、マシューがいるところで、お父さんがお母さんにこの話をした。するとお母さんは両方の眉《まゆ》をつりあげて、怒《おこ》ったように言った。「そんなことまでしてあげて、カマウが感謝してくれるといいけれど！」

マシューは思わず「ちぇっ！」とつぶやきながら、お父さん、お母さん、ランスの家族といっしょに駐車場《ちゅうしゃじょう》まで歩いていった。カマウとムゴの前で、お父さんとお母さんにあの話をすることはできない。話せるときまで待つしかない。

ランスのお父さんが言った。「ジャック、先に車を出してくれ。すぐあとをついていくから。きみの農場まで、二台でいっしょにいくほうが安全だ」

クラブからグレイソン農場までは十五キロほどで、スミザーズ農場はその三キロほど先にある。お父さんはスミザーズ夫妻に、自分たちは町で馬丁をひろうので先に帰ってほしいと言った。スミザーズ夫人はマシューのお母さんのほうを見て、大変ね、と言いたそうな顔をした。スミザーズ氏は腕時計《うでどけい》を見て大きなため息をつくと、そっけなく言った。

「三十分はよけいにかかるぞ。早く帰ったほうがいい」

「うちのことは心配しないでくれ。だいじょうぶだ」お父さんが言った。

9　兄弟

その日の午前中、ムゴはびっくりして、有刺鉄線《ゆうしてっせん》の高いフェンスを見つめていた。目のとどくかぎり遠くまでつづいている。白人が、キクユ人の指定居住区域《くいき》をまるごとフェンスでかこってしまったのだ！　おばさん一家が住んでいる指定居住区域《くいき》は、巨大《きょだい》な監獄《かんごく》みたいになっていた。ニエリにある居住区域《くいき》のまわりにも、こんなフェンスがはりめぐらされていたのかな？　ニエリではクリスマスイブに、あの誓《ちか》いを立てることを拒《こば》んだキクユ人のお年よりやその家族が殺された。その知らせはすぐに、ムゴたちの住む地域《ちいき》にも伝わってきた。父さんがそのことについてどう思っているかききたかったけど、今はやめておいたほうがよさそうだ。

ついさっき、指定居住区域《くいき》のとざされた門が見える道のはしで、送ってくれたブワナ・グレイソンの車をおりたばかりだった。ムゴが門のほうを見ると、キクユ人の警官《けいかん》がふたり、油断のない目つきで見張りに立っていた。黒の長そでのシャツに、白のショートパンツ。頭にのせた丈《たけ》の高い赤の帽子《ぼうし》は、おくさまの植木鉢《うえきばち》をさかさにしたような形で、てっぺんから黒くて太いふさがぶらさがっている。どちらの警官《けいかん》も首に白の長いひもをかけていて、先につけた笛をベルトのぴかぴかのバックルの横にはさんでいる。ベルトのわきからは警棒《けいぼう》がさがっていた。じりじり照りつける太陽の下であんなに制服を着こんでいたら、すごく暑いだろう。暑さのせいでいらいらしていても不思議じゃない。グレイソン農場では、ああいう「赤帽子《ぼうし》」の警官《けいかん》のことをよく言う人はいない。ついこないだもムゼー・ジョサイアが、「赤帽子《ぼうし》の中には自分のことをだんなさま《ブワナ》だと思ってるやつもいる」と言っていた。

門に近づくにつれて、ムゴは見張りの警官《けいかん》たちの視線《しせん》を痛《いた》いほど感じた。父さんはふたりの警《けい》官《かん》にていねいにあいさつしてから、言った。

「中に入れてください。妹に会いにきました。この子は息子です」

「身分証明書は？」警官《けいかん》のひとりが片手《かたて》をさしだした。手のひらに汗《あせ》が光っている。

「妹を訪《たず》ねるのに身分証明書がいるとは、知りませんでした」

「いるにきまってるだろう。今は非常事態なんだぞ！　寝《ね》ぼけてるのか？」警官《けいかん》は父さんよりもずっと年下なのに、横柄《おうへい》な口ぶりなので、ムゴはびっくりした。

「妹は病気なんです。わたしにきてほしいと、使いをよこしました。だからきたんです」父さんはおだやかに言った。

「身分証明書を持っていない人間は入れるなと言われている。帰って持ってこい」警官《けいかん》はふたりを追いはらうように手をふった。

ふいに、ムゴは怒《いか》りにかられた。この赤帽子《ぼうし》のやつ、父さんをクズのようにあつかって……。

でも、父さんは落ち着いて言った。

「われわれがだんなさま《ブワナ》の車からおりたのを見たでしょう？　騒《さわ》ぎを起こそうっていうんなら、白人といっしょにきたりしませんよ」

警官《けいかん》がもうひとりの警官《けいかん》のほうを見たのに、ムゴは気づいた。ふたりがブワナ・グレイソンとその車を見ていたのはまちがいない。父さんはつづけて言った。だんなさま《ブワナ》がとくべつにこの指定居住区域《くいき》まで乗せてきてくれた、そしてまた四時にむかえにきてくれるのだ、と。

「ブワナ・グレイソンがきたら、直接きいてみてください。われわれはグレイソン農場で働いていると、おっしゃるはずです。われわれが中に入れてもらえなかったと知ったら、気を悪くされるでしょう」

ムゴが見ていると、ふたりの警官《けいかん》は落ち着きなく目を泳がせた。白人の農場主ともめるのは、いやにきまっている。

父さんはさらに言った。「なんなら、妹の家までいっしょにきてください。そうすれば、わたしの言っていることが本当だとわかるでしょう」

ムゴは目を丸くした。父さんはなんて堂々としているんだろう。そのとき、それまでほとんど何も言わなかったもうひとりの警官《けいかん》が、ふいにムゴのズボンのふくらんだ左右のポケットを指さして言った。

「そこに何を入れてるんだ？」

ムゴはごくりとつばを飲んだ。見張りの警官《けいかん》が好き勝手にいろんなものを取りあげるという話は聞いている。それでもしかたなく、左右のポケットに手をつっこみ、小さな木彫《きぼ》りのゾウをひとつずつ取り出した。どちらも耳を広げ、鼻をもたげて、今にも突進《とっしん》してきそうなかっこうをしている。

「どこで手に入れた？」警官《けいかん》が眉《まゆ》をひそめてきいてくる。

「これはぼくのです」

「ずいぶんよくできているな。ぬすんだんじゃないのか？」

「自分でつくったんです！」思わず声をはりあげた。「これは――」

父さんがさえぎるように言った。「息子は彫《ほ》り物が得意でしてね。だんなさま《ブワナ》がいらしたら、そのこともきいてみてください」

ブワナ・グレイソンのことをふたたびほのめかしたのは、効果があった。いきなり、ふたり目の警官《けいかん》が手ぶりで、こいつらを通してやれ、とひとり目の警官《けいかん》に合図したのだ。ムゴは木彫《きぼ》りのゾウをポケットにそっともどした。父さんの機転のおかげで、やっと居住区域《くいき》に入れることになった。

おばさんが病気で、会いたがっているという伝言を父さんが受け取ったのは、二、三日前のことだった。だが、父さんがブワナ・グレイソンに事情を話し、仕事を一日休ませてほしいと申しでると、土曜日まで待つようにと言われた。だんなさま《ブワナ》はさらに、その日は町へいく用事があるから車に乗せていってやる、と言った。そう言われてはしかたがなかったし、車に乗せてもらえば何時間も歩かなくてすむから助かる。

その話を聞いたムゴは、自分もいっしょにいく許しをだんなさま《ブワナ》からもらってほしいと、父さんにたのみこんだ。最近彫《ほ》ったゾウを、どうしても兄さんのギタウといとこのカランジャにわたしたかったのだ。最近、ギタウは、学校が休みのときでもほとんど家に帰ってこない。指定居住区域《くいき》のおばさんの家に泊《と》まって、町でアジア人がやっている店で働き、いくらか稼《かせ》ぐほうがいいと思っているらしい。クリスマスにさえ、もどってこなかった。母さんはとくにさびしがっていて、ギタウに会ったら伝えて、とムゴにたのんだ。「体に気をつけて、って。それから、学校にもどるまえに顔を見せてちょうだい、待ってるから、って言ってちょうだい」

ムゴも兄さんに会いたくてたまらなかったが、きょうはきっと働きに出ているだろうと思っていた。その場合は、いとこのカランジャに木彫《きぼ》りのゾウをわたし、伝言をたのむつもりだった。

ムゴは父さんのあとについて、迷路のようなせまい通りを歩いていった。両側には、泥壁《どろかべ》の木造の小さな家がならんでいる。ここでは、いつだって見るものがたくさんあった。戸口の外にすわって古タイヤでサンダルをつくっている人、革《かわ》でベルトやかばんをつくっている人、アシでかごを編んでいる人、ブリキで箱やバケツをつくっている人などがいる。ムゴが見たこともないものをつくっている人もいた。そしてたいていの通りには、二、三段《だん》の棚《たな》に缶詰《かんづめ》、油、ひきわりトウモロコシ、砂糖《さとう》などをならべて売っている人がいて、ほかに、野菜や肉を売っている人もいる。監獄《かんごく》みたいにフェンスでかこわれていても、人々の暮《く》らしはつづいているのだ。

おばさんの家に着くと、戸口で、いとこのカランジャがまじめな顔でムゴと父さんを出むかえた。ムゴより少しだけ年上のカランジャは、以前は、よくきたねというようにほほえんでむかえてくれた。ところが、きょうはにこりともせず、ウィンクもしないで、ふたりを小さな裏庭《うらにわ》へ連れていった。

おばさんはベッドに寝《ね》ているものとムゴは思っていたが、庭の地面に両ひざをついて、金《かな》だらいの中の服をごしごしと洗《あら》っていた。おばさんは、ふだんは明るくて、父さんよりも元気だが、今、ムゴたちに気づいて顔をあげると、目がどんよりしていた。それに、立ちあがろうともしなかった。

「どういうことだ？　病気じゃなかったのか？」父さんがたずねた。

「病気よ！　心がね。人づてには伝えられなかったのよ、兄さん。白人が、うちの人を連れ去ってしまったの。警官《けいかん》を大勢したがえてきて、あたしたちの目の前であの人を鞭打《むちう》ったのよ。あたしは、『なぜです？　なぜこんなことをするんです？』ってきいて、どうかやめてくださいってたのんだけど、押《お》しのけられて――」おばさんは声をつまらせ、涙《なみだ》をこらえた。

カランジャの目も涙《なみだ》にぬれ、怒《いか》りに燃えている。カランジャのお父さんは役所の土木課で働いていて、カランジャは小さいころ、よく自慢《じまん》していた。うちのお父さんが道路をたくさんつくったから、こんなにたくさん車が走っているんだ、と。

ムゴの父さんはおばさんに手を貸して立たせると、いっしょに家の中に入った。そして、背《せ》もたれのない木のいすに腰《こし》かけ、向かいあった。ムゴとカランジャはそのわきに立った。

「どこへ連れていかれたんだ？　やつらはなんと言っていた？」父さんがたずねる。

「そんなこと、教えてくれるもんか！」カランジャが口をはさんだ。「マウマウの仲間だとだれかに密告《みっこく》されれば、あいつらにつかまって連れていかれる。だけど、母さんの話はまだ終わってないよ」

おばさんは両頰《りょうほお》を爪《つめ》でひっかくようなしぐさをしながら、父さんのほうを見ないで言った。

「兄さん……警察《けいさつ》は、うちの長男のマイナと……兄さんのところのギタウも連れていくと言ってたのよ」

「なんだって？」父さんが太い声で言った。

「ふたりともそのときはいなかったから、連れていけなかったけど」

「おまえは知ってるのか？　ふたりはどこにいる？」父さんが問いつめるように言う。

ムゴは、悪い空気を吸《す》いこんだような気がした。

カランジャが、だれかに聞かれるのを恐《おそ》れるかのように声を落として言った。「ふたりとも、仲間といっしょにいったんだと思う。森でムヒム（植民地支配に抵抗する若く過激なキクユ人の集団）にくわわるほうが、あのひどい連中に連れ去られるよりましだからね！　あいつらにつかまったら、マウマウだって白状《はくじょう》するまで鞭打《むちう》たれるって話だ。何も知らなくたって殺されることもあるって。なら、戦うほうがいい！」カランジャがこんなふうに話すのを、ムゴははじめて聞いた。まるで舌に火がついたみたいだ。

「言いたいことはわかるがな、カランジャ、戦ったところで、食べていけるわけじゃない」父さんはそっけなく応じた。「そんなことを言っていると、次はおまえが連れていかれるぞ。学校で何を教わってるんだ？　もっと頭を使え！」

カランジャは言いかえさなかったが、こぶしをきつくにぎったのをムゴは見た。カランジャがここで通っている学校は、マイナやギタウが学んでいるような、高い授業料を取って英語で授業をする寄宿学校とはちがう。キクユ人がつくった学校で、教室はひとつきりだし、ひとりしかいない教師自身、教育をほんの数年しか受けていない。生徒たちが教わるのは読み方とキクユ語の歌、キクユの習慣くらいだ。だが、政府はすでにそうした学校をいくつか閉鎖《へいさ》していた。そこで学んだ子どもたちはマウマウにくわわるから、というのが理由だった。

　父さんはおばさんのほうを向くと、言った。「ここにいるのはよくない。おまえのつれあいの親戚《しんせき》がいる村へいって、やつの帰りを待つほうがいい」

「だめよ、村は、白人に追いだされた人であふれてる。そんなところでどうやって食べていけって言うの？　ここにいれば、町で働いて少しはお金をかせげるのよ」おばさんは少し元気を取りもどしたようだ。「カランジャも仕事を見つけて――」

「話しているあいだに、この子たちに何か食べるものを買ってこさせよう」父さんはおばさんの言葉をさえぎるように言うと、ポケットから小銭を出してカランジャにわたした。「ムゴといっしょにいって、ジャガイモとキャベツと豆を買ってきてくれ。帰るまえに、おまえの母さんがつくるイリオ（つぶしたジャガイモにグリンピース、トウモロコシ、青野菜などを混ぜた料理。キクユ人がよく食べる）を食べたいんだ」

だけど、父さんがおばさんとふたりきりで話したいと思っているのは、はっきりしていた。

　通りに出たとたん、カランジャは不満をぶちまけた。「おじさんはおれを子どもあつかいするけど、自分こそ世の中の変化に気づいてないんじゃないか？　気をつけないと、痛《いた》い目にあうぞ！」

「痛《いた》い目って？」ムゴは聞きかえしたが、相手の言いたいことはよくわかっていた。

カランジャはばかにしたように言った。「おまえもおじさんも、あのだんなさまに脳《ブワナ》みそをぬかれたんじゃないか？　ムヒムはきたんだろう？」

「うん！　少《ンディオ》しまえにきた。けど、それからあとは見かけてない」ムゴは、カランジャがこれ以上あれこれきいてきませんように、と願った。カランジャはもうムヒムの誓《ちか》いを立てたにちがいない、という気がした。グレイソン農場にムヒムがきた夜、自分がどうしたかは、はずかしくてとても話せない。

「そのあとはきてないって、なんでわかる？　ムヒムはあらゆるところに目を光らせてる。とにかく、おじさんは言葉に気をつけなきゃだめだ」

ムゴは急に腹《はら》が立ってきた。いくらなんでもカランジャは言いすぎだ。

「かんちがいするなよ。父さんだって、おれたちの土地と自由を白人から取りもどしたいと思ってるんだ。ムヒムと同じように！」

「なら、『戦ったところで、食べていけるわけじゃない』なんて言わないでほしいな。これは戦いだってこと、おじさんはわかってないのか？　われわれの土地と自由《イザカ・ナ・ウィヤジ》のために戦おうとしない者は、裏切《うらぎ》り者じゃないのか？」

ムゴは胸《むね》がむかむかしてきた。なぜ父さんのことを裏切《うらぎ》り者だなんて言うんだ？　ニエリでお年よりが何人も殺されてからというもの、裏切《うらぎ》り者がどうなるかはだれだって知ってる。

カランジャは、このまえ会ってから二、三か月のあいだに変わってしまった。こんなことを言うなんて、以前のいたずら好きのカランジャとは別人みたいだ。ムゴといっしょに近所の人が飼ってるヤギをからかったり、ニワトリを追いかけたり、年上の男の子たちの後ろを走ったりしていたカランジャとは……。そのとき、ふたりが通りすぎた家の前のいすに平たい皿が置かれ、ヤギの生肉と内臓《ないぞう》がのっているのが見えた。たちまち、ムゴののどに酸っぱいものがこみあげた。吐《は》きそうだ。ムゴはまわれ右をして、きた道をもどりはじめた。

おばさんの家に着くまえにがまんできなくなり、しかたなく地面にひざをついて、ふたのない排水溝《はいすいこう》に吐《は》いた。小さい子がふたり、排水溝《はいすいこう》のきたない水を棒《ぼう》でつついている以外には、さいわいだれもいなかった。おばさんの家に帰り着いたときには、ふらふらして、少しはずかしい気持ちだった。父さんとおばさんには、気分が悪くなったのでカランジャと別れて帰ってきた、と話したが、言い争いをしたことはだまっていた。おばさんが、胃のむかつきがおさまるという飲み物をくれ、カランジャの寝床《ねどこ》に横になりなさいと言った。そのあと、おばさんと父さんは何か話していたが、ムゴには聞き取れなかった。ムゴの頭の中には、カランジャのお父さんが警察《けいさつ》につかまって連れ去られるところや、ギタウとマイナがキリニャガの森の奥深《おくふか》くにひそんでいるようすがうかんでは消えた。

おばさんがくれた飲み物がきいたのか、ムゴはうとうとし、もう帰る時間だと父さんに起こされて目をあけた。カランジャはもどってきていたが、ムゴとかわした言葉は「さよなら」だけだった。木彫《きぼ》りのゾウは、ふたつともムゴのポケットの中に入ったままだった。

ムゴはふたたび父さんとせまい通りを歩きながら、まだ胃がむかむかしているのを忘《わす》れるため、何かいいにおいがしないかと鼻をひくひくさせた。トウモロコシをあぶるにおいがする、と思った直後、だれかがふたりのすぐ横に現れた。

「父さん、ひさしぶり。足を止めないで、おれについてきて！」

ムゴの心はおどった。兄さんのギタウの声だ！　ところが、ギタウのほうを見ると、ブレザーにネクタイという、見なれた制服《せいふく》すがたではなかった。イギリス陸軍の古いコートを着て、つばつきの帽子《ぼうし》をまぶかにかぶっている。父さんが答えるより早く、ギタウは先に立って次の角を曲がった。あっというまのできごとで、ムゴは頭がくらくらした。

まもなく、ギタウは小さな家の前で足を止めた。扉《とびら》も窓《まど》も、ガラスの部分は全面に板を打ちつけてふさいである。長いコートを着たギタウが、扉《とびら》を小さく何度もたたいた。かんぬきのはずれる音がして、三人が中に入ると、扉《とびら》は急いでしめられた。明かりは、壁《かべ》と草ぶき屋根のあいだのわずかなすきまからさしこむ日ざしだけ。うす暗がりの中、目をこらすと、カランジャの兄、マイナのがっしりした肩《かた》が見えた。

「お元気ですか、おじさん？」マイナが父さんにあいさつした。マイナも、ギタウと同じようにカーキ色の古いコートを着ている。

「元気なわけがないだろう」父さんは言いかえし、ハーッと息を吐《は》いた。「母親が心配してたおれそうになっているのに、おまえは泥棒《どろぼう》みたいにかくれているのか！」

「泥棒《どろぼう》はおれたちじゃないだろ、父さん。忘《わす》れたのかい。泥棒《どろぼう》は白人のほうだ。そして、白人に手を貸してる赤帽子《ぼうし》やホームガード（マウマウに反発する、キクユ人の自警団。植民地政府軍によって強化され、パトロールや、マウマウを排除する役目も果たしていた）は、やつらの犬だ！」ギタウが自信たっぷりに言う。ギタウの後ろには扉《とびら》があって、そのむこうに部屋がもうひとつあるようだ。あっちの部屋にはだれかほかの人がいるのかな、とムゴが考えていると、父さんがギタウをまっすぐ見て言った。

「どこでそんな口のきき方をおぼえたのか知らんが、目上の人間に説教するとはな。おれが歴史を知らないとでも思ってるのか？」

「だけど、歴史を変える気はないんだろ？」

ムゴは心臓《しんぞう》がどきどきした。カランジャだけじゃなく、ギタウまで！　父さんが仕置きをしようとして手をあげたとしても、以前とちがい、ギタウはだまってなぐられてはいないだろう。

「なぜ、白人の教師のいるあの学校におまえを入れたと思う？　教育を受けて、おまえが白人と同等の知識を身につけるためじゃなかったか？　ムゼー・ケニヤッタ（まえがきに出てきた、「ケニア建国の父」とされるジョモ・ケニヤッタのこと）が白人の国であんなに長く学んだのも、そのためじゃなかったか？　ムゼーはわかっていたんだ。白人と同等の知識を身につけないかぎり、土地を取りもどすことなどできないと」

「ムゼーが白人に逮捕《たいほ》されたとき、その知識が役に立ったかい？　父さん」ギタウがひややかにたずねた。

「学校も卒業していない身で、白人と戦えるとでも思ってるのか？」父さんが声を荒《あら》らげた。太い眉《まゆ》をつりあげ、あざけるような表情をうかべている。

「ムゼーに知識があるからって、白人の裁判官《さいばんかん》が無罪放免《ほうめん》にしてくれるとでも言うのかい？　ばかでもわかるよ、白人がムゼーを釈放《しゃくほう》するはずはないって。やつらはおれたちの土地を銃《じゅう》でうばった。今度はおれたちがそれを取りもどす番だ！」ギタウの声はしだいに大きくなったが、最後はおさえ気味に言った。「とにかく、おれたちの指導者はムゼーだけじゃない」

「仲間に仲間を殺せと命じるようなやつが、指導者といえるか？」

父さんがそう言うと、ギタウははじめて目をそらした。

「キクユにとって、仲間を殺すのは正しいことか？　それが団結か？」

「でもおじさん、仲間にそむいたやつは、裏切《うらぎ》り者なんじゃありませんか？」マイナが冷静な声で問いかけた。

答えがない問いばかりで、ムゴは頭が混乱《こんらん》していたが、「裏切《うらぎ》り者」という言葉を聞くと、ふたたび恐《おそ》ろしくてたまらなくなった。となりの部屋にムヒムがいて聞き耳を立てていませんように。もしムヒムがいたら、父さんがギタウに投げかけた問いをよく思うはずがない。とにかく、この言い争いを止めないと……。ムゴは胃のあたりをおさえてうめいた。

「ああ……また吐《は》きそうだ」

父さんがギタウにさけぶ。「早く、何か器を！　ムゴはさっきも吐《は》いたんだ」

「外のきれいな空気が吸《す》いたい」

ムゴが扉《とびら》のほうに向かうと、マイナが急いでかんぬきをはずした。ムゴはよろよろと外に出て、壁《かべ》に両手をつき、深く息をした。つづいて父さんが、額にしわをよせて出てきた。

「もういかないと、遅《おく》れてしまう」父さんは歩きだした。ギタウたちにさよならも言わず、歩いていく。

ギタウが戸口にきて、ムゴの手を取り、にぎった。ムゴも力をこめてにぎりかえす。兄さんとふたりきりですごせたらよかったのに……。ほかにだれもいないところで、言い争ったりせずに。ムゴには兄さんにきいてみたいことがいくつかあったが、今は母さんの言葉を伝えることにした。

「母さんが、体に気をつけて、って」伝言の後半は言わなかった。学校にもどるまえに家にきて、というところは。

「母さんにも元気で、って伝えてくれ。おまえも元気でな、ムゴ」

ふいに、ムゴはポケットの中のものを思い出した。あやうく忘《わす》れるところだった！

「待って！」小さな木彫《きぼ》りのゾウをふたつ、取り出すと、ひとつをギタウの手に押《お》しこんだ。

「兄さんのためにつくったんだ！　ぼくも自分のを持ってる。ほら、兄弟のゾウだよ！」ムゴは、カランジャのために彫《ほ》ったゾウを手のひらにのせ、かかげてみせた。そしてそれをにぎりしめると、父さんを追って走りだした。

10　峡谷《きょうこく》の一夜

マシューのお父さんが、キクユ人の指定居住区域《くいき》の外の舗装《ほそう》されていない道に車を停めた。車の中では、だいぶまえから空気がぴりぴりしていた。家族三人で車に乗ってクラブの門を出たあと、お父さんはランスのお父さんのことを「ひどく考えがこりかたまった人」だと言った。ところがお母さんの意見はちがっていて、あの方は軍隊できたえられて「現実的」になったんでしょうし、きっと「とても目先のきく人」なんだと思うわ、と言った。後ろの席にマシューがいなかったら、ふたりはまだまだ言い争いをつづけそうだった。マシューは口をはさんだ。ランスもお父さんに似てるのかもしれない、と。でも、お父さんもお母さんも「そうか」「ふうん」と言っただけだった。そこで会話はとぎれたが、いやなふんいきはそのままだった。

カマウとムゴは、午前中に車をおりたところで待っていた。マシューは、ふたりが後ろの座席《ざせき》にすわれるよう、わきにつめた。そのときはじめて、ムゴとならんですわるのが少しだけ変な、はずかしいことのように思えた。そして、そんな気持ちを表に出すまいとして、ムゴに笑いかけた。

「楽しかった?」

「はい」ムゴはそう答えたが、笑顔ではなかった。

「お兄さんといとこは、あのゾウを気に入った？」

ムゴはだまってうなずいた。朝には木彫《きぼ》りのゾウを自慢《じまん》げにマシューに見せていたのに、今はその話はしたくないようだ。

「妹さんの具合はどうだったんだ、カマウ？」お父さんが、車のエンジン音に負けまいと声をはりあげてきいた。

「よくなってきています、だんなさま《ブワナ》」

「なら、それほど重い病気でもなかったんだな？　おまえの口ぶりから、てっきり、もう長くないのかと思ったよ！」

マシューには、お父さんが冗談《じょうだん》を言っているのか、カマウを責めているのかわからなかった。

今度はお母さんがたずねた。「妹さんはどこが悪かったの、カマウ？　お医者様にはみてもらっているの？」お母さんはいつも、医者の診断《しんだん》を知りたがる。

「わたしにはわからないのです、おくさま《メムサヒブ》。ただ具合が悪かったということしか」

「そう。ご家族はちゃんとめんどうを見てあげているのかしら。妻が病気のときには、夫もいろいろ手伝うべきよ」

「はい、おくさま《メムサヒブ》」

みんなだまりこんだ。あと一時間あまりで日が暮《く》れる。舗装《ほそう》道路が終わったところでお父さんがアクセルをふみこんだのが、マシューにはわかった。ここから先は土の道で、でこぼこしているから、畝《うね》を立てた畑の上を走るみたいな感じになる。だけど、スピードをあげていればタイヤが畝《うね》にはまることはない、とお父さんはいつも言っている。それでも、ぎりぎり日が暮《く》れるまでに家に着けるかどうか、といったところだ。

マシューは窓《まど》の外のブッシュをずっと見ていた。今ごろの時間は、動物を見つけるのにいちばんいい。日中、日かげで休んでいた動物たちが、水を飲むために移動を始めるからだ。

朝、町へ向かっていたときには、目のいいムゴが教えてくれたおかげで、マシューも動物をたくさん見ることができた。しかし、今、ムゴは疲《つか》れているのか、窓《まど》の外を見ようともしない。お父さんのようすも、少し変だ。ふだん、マシューが窓《まど》の外におもしろそうなものを見つけると、車のスピードを落としてくれるのに、きょうは、マシューが道のわきの高い草のあいだに斑点《はんてん》のある動物を見つけて、あれ、チーターじゃない？　と大きな声で言っても、スピードをゆるめなかった。

太陽が地平線にしずみかけ、ブッシュに落ちる木のかげが長くなった。マシューはこの道をよく知っている。家までの道のりの半分ほどのところで、道はくだり坂になり、木がうっそうとしげる谷におりていく。谷底には浅い川が流れている。雨季には水量が増すので、とくべつがんじょうな車でないとわたれないが、十二月下旬《げじゅん》の今は、ふつうの乗用車でも難《なん》なくわたれる。

ところが、川をわたり、むこう岸の坂をのぼりだしたときに、エンジンがパチパチと大きな音をたてたかと思うと、車はガクンと止まってしまった。

「くそっ！　よりによってこんなときに！」お父さんが毒づいた。きょう、オースティンのセダン（イギリス、オースティン社製の四ドアの乗用車）に乗ってきたのは、お父さんが「たまには走らせてやらないと」と言い、お母さんもトラックより乗り心地がいいと言ったからだ。

「大きめの石を持ってきて、タイヤを固定するんだ！　早く！」お父さんはカマウとムゴに命じた。車が後ろ向きにずるずると坂をすべり落ちないようにするためだ。乗っていた全員が、車をおりた。

「だから、スミザーズさんたちといっしょに帰ればよかったのよ！」お母さんが腹立《はらだ》たしそうに言う。お父さんは、走ってきた道を注意深く見ている。町でガソリンを満タンに入れてきたが、道にガソリンがもれたあとはない。お父さんは地面にひざをついて、車の下をのぞきこんだ。マシューも同じようにした。とくに問題はないようだ。次に、お父さんはボンネットをあけた。

「燃料づまりがないか、調べたほうがよさそうだ」お父さんはつぶやくと、工具箱から小さなスパナを取り出した。カマウとムゴも石でタイヤを固定する作業を終え、みんなが見守るなか、お父さんは燃料ポンプとキャブレターをつなぐパイプをはずした。

それからお母さんに指示する。「エンジンをかけてくれ！　ギアをニュートラルにしてから、かけるんだぞ」お母さんが運転席にすわった。ほかの四人は、パイプの先をじっと見る。お母さんがエンジンをかけると、しばらくしてパイプから燃料がこぼれたが、ほんの少しだった。

「やっぱり、つまってるな！」と、お父さん。

「どこが？」マシューはたずねた。

お父さんはそれには答えず、お母さんにエンジンを切るよう指示した。そしてパイプをもとどおりにつなげた。マシューはお母さんに肩《かた》を抱《だ》かれたのを感じ、お母さんに寄りかかって、お父さんが何か言うのを待った。ムゴとカマウは車から少しはなれて、何も言わず、ならんで立っている。何分もすぎたように思われたころ、お父さんが背《せ》すじをのばし、みんなのほうを見た。

「スタンドで入れたガソリンに何か混ざっていたか……」お父さんはけわしい表情でいったん言葉を切ると、マシューとお母さんにだけ聞こえるよう、声を落としてつづけた。「だれかがガソリンタンクに何か入れたかだ！」

「どうすればいいの？」お母さんの声に恐怖《きょうふ》がにじんでいるのに、マシューは気づいた。

「だれかの車に乗せてもらうしかない。この車は牽引《けんいん》して、修理できるところまで運ばないと。ここでは修理できない。大仕事になる」お父さんが答え、お母さんを見つめた。ふたりは、ときどきするように、目だけで言いたいことを伝えあっているようだ。それから、お父さんはカマウを手まねきして言った。

「スミザーズさんの農場まで、どのくらいでいけるかね？　スミザーズさんにむかえにきてもらうしかないんだ。早く、急いでいってくれ！」

「すごく遠いです、だんなさま《ブワナ》！　着くまでにまっ暗になってしまいます」

「ムゴなら速く走れるよ、お父さん！　ムゴ、助けを呼《よ》びにいけるだろ？」マシューはそう言いながら、ムゴがいくと言ってくれますようにと願ったが、ムゴはいつになくだまりこんでいる。

「この子にもむりですよ、ぼっちゃん！」カマウが強い口調でいった。「とても危険《きけん》です、だんなさま《ブワナ》！　道でどんな人間に出くわすか、わかりません。ブワナ・スミザーズの家に着いても、見張りにはこの子が何者かわからないでしょう。だまして門をあけさせようとしていると思われたら、その場でこの子は撃《う》ち殺《ころ》されます！」

お父さんがだまりこんだので、カマウの言うことは正しいんだとわかって、マシューは歯をくいしばった。あと三十分もすれば日が暮《く》れる。それまでにだれかの車がここを通りかかることはないだろう。

見おろすと、谷はもう闇《やみ》にしずみかけていた。とつぜん、木々のあいだをすばやく動きまわる音と耳ざわりな声が聞こえ、マシューは体をこわばらせた。ヒヒの群れがマシューたちを見つけたのだ。

二、三匹《びき》のヒヒが、こわがるようすもなく、道の反対側のフィーバーツリーの幹をおりてきた。マシューがその上に広がる枝を見あげると、そこにも毛の生えた耳と、左右のあいだのせまい小さな目が少なくとも二十組は見えた。長くて黒い鼻づらも見える。

「車に乗れ！」お父さんが命じ、お母さんがマシューとムゴをすばやく車に押《お》しこんだ。お父さんはリボルバーをホルスターから取り出した。

「いけません《ハパナ》、だんなさま《ブワナ》」カマウが片手《かたて》をあげてお父さんを止めたと思うと、もう片方《かたほう》の手で小さな石をひろい、いちばん近くにいるヒヒに向かって投げた。ヒヒは鋭《するど》いさけびをあげ、かん高く鳴きながらすばやくにげだした。群れの残りのヒヒが歯をむきだし、大声で鳴きたてる。カマウはもうひとつ石をひろうと、投げた。二匹目《ひきめ》のヒヒも悲鳴をあげ、さっと幹をのぼっていく。カマウが三匹目《びきめ》に石をあてると、群れ全体がしきりにうなったりほえたりさけんだりしながら、にげていった。

マシューが車の後ろの窓《まど》ごしに見ていると、お父さんはカマウに、よくやった、というようにうなずいてみせた。あたりが急速に暗くなるなか、お父さんとカマウは谷を少しくだって、またのぼり、坂のてっぺんまで歩いていった。お父さんはまだリボルバーを手にしている。ふたりは領地を視察《しさつ》しているみたいに見えた。カマウはお父さんといっしょに行動しているし、さっきはヒヒを追いはらってくれた——そのことでマシューは、やはりお父さんの言うことが正しくて、ランスのお父さんはまちがっているんじゃないか、というほうに考えがかたむいた。カマウはぼくたち家族と同じくらい、この谷で一夜をすごすことを不安に思っているようだ。もし、うちの車のガソリンタンクにだれかが泥《どろ》か何かを入れたんだとしても、それがカマウじゃないことは確かだ。

マシューは前の座席《ざせき》をのぞきこんだ。お母さんのひざの上に小さなピストルがある。いつのまにかハンドバッグから出したらしい。

「お母さん、だれがこんなことをしたのかな？ これって破壊《はかい》工作（敵などを弱めるために意図的に「何かをこわす」ことを指す言葉）だよね？」

「そんなことを考えるのはやめなさい、マシュー。たまたまガソリンに不純物《ふじゅんぶつ》が混ざっていたのかもしれないって、お父さんも言っていたでしょう。とにかく祈《いの》って、いいほうに考えましょう」お母さんは不自然なほど明るく言った。だけど、ピストルをひざの上に置いているところを見ると、お母さんだって「いいほう」に考えているとは思えない。マシューはまだ話をつづけたかったが、ムゴの顔をちらっと見て、やめた。ムゴの目はうつろで、その奥《おく》に見えない壁《かべ》――それまでマシューの見たことのない壁《かべ》があるみたいだった。何を考えているんだろう？ そのときはじめて、マシューは思った。もしかしたら、ムゴは父親のカマウとはちがう考え方をしているのかもしれない。マシューはシートにもたれて体を丸めた。目をとじて、ムゴのほうを見ないようにした。

少しして目をあけると、あたりはすっかり暗くなっていた。ここで一夜をすごすのだと思うと、こわくてたまらなくなった。

お父さんは言った。自分は外で見張りをして、だれにせよ、車をおそいにくる者がいれば発砲《はっぽう》できるようにそなえる。ほかの者は全員、カマウもふくめ、車の中にいるように、と。

マシューはお母さんから、なるべく眠《ねむ》りなさいと言われたが、目をとじても眠《ねむ》れず、寒さと恐怖《きょうふ》にたえながら、夜の物音に耳をすましていた。一度、ジャッカルのほえる声が近づいてくるように思ったが、ありがたいことに遠ざかっていった。鳥のようなかん高い声が聞こえ、ワシか何か、大きな鳥がいるのかとこわくなったが、チーターが鳥の声をまねることがあると聞いたのを思い出した。さっき車の窓《まど》から見た、ブッシュにいたあのチーターかもしれない！　この谷までやってきたとしても不思議じゃない。チーターなら楽々と移動できる距離《きょり》だ。うすい月明かりが木の葉ごしにさしてくると、マシューはたえずお父さんのかげを目で追った。いつなんどき、お父さんが命がけで……ぼくたちの命を救うために、戦うことになるかもしれないと思うと、恐《おそ》ろしかった。とても眠《ねむ》れそうにない。車の中の物音から、カマウとお母さんも目をさましているのがわかった。ムゴだけは眠《ねむ》っているようだ。

とうとう、お父さんも車に乗りこんできて、ふるえながら言った。

「これ以上外にいたら、指がこごえて引き金がひけなくなる。こんな寒さは軍隊以来だ！」

お父さんはリボルバーをダッシュボードに置いた。お母さんがタバコに火をつけ、お父さんにわたす。お母さんはふだんあまりタバコを吸《す》わないが、自分にも一本、火をつけた。ふたりは窓《まど》を少しおろしたが、マシューは煙《けむり》で目がちくちくしてきた。タバコの小さな赤い火が、まるで助けを求める信号みたいに光っている。ぼくたちをおそおうとしている連中がその火に気づいたらどうするの、と言いたかったが、いつのまにかまぶたが重くなり、何もかも忘《わす》れてしまおう、と目をつぶった。

11　助けを呼《よ》びに

ムゴは身ぶるいしながら目をさました。恐《おそ》ろしい夢を見ていた。赤い帽子《ぼうし》の男たちが、自分と父さんを追ってくる。ふたりは死にものぐるいで木造の家の扉《とびら》をたたく。扉《とびら》があき、カランジャに似た人が顔をのぞかせるが、すぐに扉《とびら》をしめて「裏切《うらぎ》り者！」とさけぶ。赤帽子《ぼうし》の男たちがせまってきて、今にもつかまる！　というところで目がさめた。

ムゴはだんなさま《ブワナ》の車の後ろの座席《ざせき》で体を丸めて眠《ねむ》っていたが、目をあけると、父さんが腕《うで》をつかんで起きろと言っていた。車にはタバコのくさいにおいがこもり、窓《まど》はみんなの息でくもっている。となりではマシューが体を丸め、まだ眠《ねむ》っているようだ。父さんが車のドアをあけた。

ムゴは、はうように外に出て、早朝のすがすがしい空気を吸《す》いこんだ。谷を見おろすとまだまっ暗だが、斜面《しゃめん》の上を見ると、空がわずかに白みはじめていた。

ブワナ・グレイソンが車の横に立っていた。片手《かたて》にリボルバーを、もう片方《かたほう》の手に紙を持っている。

「ムゴ、できるだけ速く、ブワナ・スミザーズのところへいってくれ！　門の見張りに、わたしが書いたものだと言ってこの紙を見せるんだ。そして、すぐにブワナ・スミザーズのところへ連

一九五二年十二月（十三か月後）

れていってほしいとたのめ。取りつがないと、わたしからブワナ・スミザーズに苦情がいくと言うんだ。できるか?」

ムゴはためらい、父さんを見た。夜のあいだずっと、ムヒムの連中がこの車を見つけるんじゃないかと、こわくてたまらなかった。もし襲撃《しゅうげき》されたら、自分と父さんはムヒムとだんなさま《ブワナ》の板ばさみになってしまう。もしだんなさま《ブワナ》たちがムヒムの一団にやられてしまったら、きっと自分たちも殺される……そして、その危険《きけん》はまだ去っていない。

「きのう、おまえの体調が悪かったことは、だんなさま《ブワナ》に話してある」父さんが、ためらっているムゴをかばうように言った。

「だいぶよくなったよ、父さん」

「なら、だんなさま《ブワナ》の言うとおりにするんだ。おまえのほうが、わたしより足が速い」

ムゴはだんなさま《ブワナ》が書いた紙のほうへ手をのばし、「できます、だんなさま《ブワナ》」と小さな声で言った。

「よく言ってくれた、ムゴ!」だんなさま《ブワナ》はほっとしたようだった。「このブワナ・スミザーズへの手紙に、車を移動させるため雄牛《おうし》を二頭連れてきてくれと書いてある。おまえもいっしょにもどってくるんだぞ」

ムゴは紙を受け取り、ポケットに入れた。そして、ポケットの中の小さな木彫《きぼ》りのゾウをなでた。ゾウから勇気をもらいたかった。ブワナ・スミザーズに会うのは、気が重い。

ムゴは一定のペースで走りつづけた。谷の斜面《しゃめん》をのぼりきると、紫色《むらさきいろ》のキリニャガのふたつの峰《みね》が、朝霧《あさぎり》におおわれたブッシュの上にそびえているのが見えた。キリニャガの後ろの空はもう、熟《う》れたマンゴーの色にそまってきている。母さんが、朝は新しい始まりを運んでくる、と言っていたのを思い出して、少し元気が出た。

ゆうべ、車の中で、昼間の恐《おそ》ろしいできごとを頭から追いはらおうとしたがうまくいかず、それは眠《ねむ》りの中にまで入りこんできた。何よりショックだったのは、カランジャのあざけりの言葉だ。ギタウでさえ、父さんと口論《こうろん》になっても、父さんを裏切《うらぎ》り者とののしったことはないのに！

ムゴは、またきのうのように落ちこんでしまわないよう、起きだした鳥の声に耳をかたむけた。

朝早く、いろんな鳥がかわるがわるさえずるのを聞くのは楽しい。まずはハトがクークー鳴いたかと思うと、ヤツガシラ（サイチョウ目の鳥。頭の冠羽を広げると、扇のような形になる）がにぎやかにさえずり、それからネズミドリ（ネズミドリ目の鳥。尾が長く、ボサボサしたネズミのような灰色の毛が特徴）が高い小さな声でさえずる。どの鳥がどんなふうに鳴くか、牧童をしていたころにすっかりおぼえた。あのころは、毎日がもっと単純《たんじゅん》だった。

とつぜん、道ばたの高い草の中でつむじ風が起こり、ムゴはぎくりとしたが、自分の足音でホロホロチョウの群れを驚《おどろ》かせてしまったのだとわかった。ムゴは走るペースをゆるめず、首だけ動かして、ホロホロチョウがあちこちに散っていくのを見た。そのあわてぶりに、思わず頬《ほお》がゆるんだ。

　ところがその直後、今度はムゴがあわてることになった。男がふたり、なんのまえぶれもなく、ブッシュからぬっと現れ、ゆくてに立ちはだかったのだ。ムゴが近づいていくのを待っている。きょうは日曜日だが、ふたりの男は休みの日にのんびり散歩しているようには見えない。ひとりは、ギタウが着ていたのと同じ、軍隊用の長いコートを着ている。もうひとりは、髪《かみ》を短く先の細いドレッドヘアにして、毛布をはおっている。毛布の裏側《うらがわ》にナイフがストラップでとめてあるのが、見えたような気がした。銃《じゅう》もかくし持っているかもしれない。

　ムゴはふたりの少し手前で止まり、ていねいにあいさつして、こわがっていることに気づかれまいとした。

「どこへいく?」軍隊用のコートの男が何気ない調子できいてきたが、ただの世間話で終わるはずはないと、ムゴにはわかっていた。

「家に帰るんです」息をととのえながら答える。直観で、だんなさま《ブワナ》の車のことや、あずかっている手紙のことは話さないほうがいいと感じていた。

「家はどこだ?」ドレッドヘアの男がたずね、夜明けのうす明かりのなか、射抜《いぬ》くようにムゴを見た。この男には見おぼえがある。かすれた声も聞いたことがあった。

「ブワナ・グレイソンのところです」

ふたりの男は目を合わせた。

「なぜ、白人の名前を出す？　おまえの父親の家じゃないのか？　おまえの名前は？」ドレッドヘアが問いただす。

「カマウの息子の、ムゴです」

「カマウ？　それは、白人にうばわれた父親の土地で、白人の馬の世話をしているカマウのことか？」

ムゴはうなずいた。ドレッドヘアの男は父さんのことを知っている！　そのときふいに思い出した。この男は、みんなが誓《ちか》いを立てたあの夜、ムゴのことをさがしにいこうかと言った見張りの男だ！　ただ、あのときとは髪型《かみがた》がちがう。

「なるほど、おまえが白人の家で働くキッチン・トトか！　おまえの父親から聞いてるよ」ドレッドヘアの男はからかうように言った。まるで、父さんのことをよく知っているみたいな口ぶりだ。

「けさはなぜ、キッチンで白人にお茶をいれていないんだ？　連中は、おまえのいれた紅茶《こうちゃ》を飲みたがってるんじゃないか？」コートの男がおだやかな口調できいてきた。

ムゴはつばを飲みこみ、小さな声で答えた。「はい《ンディオ》。もういかないと」

コートの男がさっとムゴの手首をつかんだ。「なぜ、こんなところにいる？」ムゴはひるんだ。本当のことを言ったら、きっと大変なことになる。ほかにも武装《ぶそう》したムヒムの兵士が、ブッシュにひそんでいるかもしれない。そして、その谷に案内しろと言うんじゃないか？　谷に着いたら、ブワナ・グレイソンに後ろからしのびよって……。ムゴはそんな想像を頭から追いはらった。

「本当のことを言え。さもないと、おまえもおまえの父親も、後悔《こうかい》することになるぞ」ドレッドヘアの男がおどすように言った。

「きのう、父さんとキクユの指定居住区域《くいき》へいって……」ムゴはふるえそうになるのをなんとかこらえながら、おばさんが病気だと聞いて訪《たず》ねていったことを話した。だんなさま《ブワナ》の車に乗せてもらったことは言わず、おじが警察《けいさつ》につかまり、森へにげて戦士となったギタウとマイナも追われていることを話した。話しながら、つづきを必死に考えていると、ドレッドヘアの男がいらいらしたようすで口をはさんできた。

「それで、おまえの父親は今、どこにいるんだ？」

「今話そうと思ってたところです。あの赤帽子《ぼうし》どもは悪魔《あくま》です！」ムゴはさけび、そこからはつくり話をした。――見張りの赤帽子《ぼうし》たちは、父さんがギタウの父親だと気づくと、父さんとムゴを指定居住区域《くいき》に入れまいとした。父さんが入れてくれと言いつのると、父さんを尋問《じんもん》するため

一九五二年十二月（十三か月後）

拘留《こうりゅう》した。それで、父さんはムゴにひとりで帰れと言った。ムゴは言われたとおりにしたが、町はずれまできたとき、日暮《ひぐ》れまでに家に着けそうにないので不安になって、商店の裏《うら》にかくれて眠《ねむ》り、夜明けまえにまた歩きだした……。

「それで、やっとここまできたんです。早く家に帰って母さんに話さないと……」ムゴは思いきって目をあげ、コートの男とドレッドヘアの男の顔を見た。胸《むね》の中で、バッファローの群れが走りまわっているみたいに、心臓《しんぞう》がどきどきしていた。

「はなしてやれ」ドレッドヘアの男が言うと、コートの男はムゴの手首をはなした。ドレッドヘアがムゴのほうを向いて言う。「もうすぐ、集会にきてもらうからな、カマウの息子、ムゴ。おれがむかえにいく。おまえも兄さんにつづくんだ。そのつもりでいろ」

「はい《ンディオ》」ムゴは答えた。ドレッドヘアの言う「集会」がどんなものかはわかっている。もうすぐ、自分も「土地と自由《イザカ・ナ・ウィヤジ》」のために戦うのだ。

コートの男が言う。「この次は、暗くなってもブッシュをこわがったりするな。われわれの祖先は、昼だろうと夜だろうとブッシュを歩いていた。ブッシュをこわがるのは白人だけだ」

「わかりました」

ムゴはふたりの男と別れ、全力で走りだした。走りながら、片手《かたて》をポケットに入れる。だんなさま《ブワナ》からあずかった手紙は無事だ。ムゴは小さな木彫《きぼ》りのゾウをなでた。あの男たちにポケットの中を見せろと言われていたら、絶対に見のがしてもらえなかっただろう。勇気を出してふりかえったときには、ドレッドヘアの男もコートの男もすがたを消していた。あのふたりが谷のほうへいっていませんように、とムゴは祈《いの》った。ふたりが本当のことを知ったら、大変なことになる。あいつらにうそをついたことを、できるだけ早く父さんに知らせないと。父さんがわかってくれますように。だけど、ギタウがこのことを知ったら、なんて言うだろう？　ムヒムにだんなさまの車《ブワナ》のことを話すべきだった、と言うかな。そう考えると、落ち着かない気持ちになった。そのことは考えないようにしたかったが、どうしたらよかったのか、という思いとこわさとで、頭の中はごちゃごちゃになった。

ブワナ・グレイソンの家の門が見えてきたころには、ムゴは全身汗《あせ》だくで、空腹《くうふく》のあまり胃が痛《いた》かった。きのう吐《は》いてから、何も食べていない。だけど、ブワナ・スミザーズの家の門まであと三キロほど、走りつづけなければ。

力つきそうになったとき、ワシの鋭《するど》い鳴き声ではっとわれに返った。ワシはムゴの頭上を弧《こ》をえがいて飛び、すがたを消したと思うと、また現れた。上空をぐるぐるまわっている。何かねらっている？　おれがたおれるのを待っているのか？

はるか遠くにブワナ・スミザーズの家の門が、朝日を受けて光っているのが見えた。自分の荒《あら》い息づかいが聞こえる。犬のドゥマが走りすぎて疲《つか》れきったときと同じくらい、荒《あら》い息だ。ムゴは足の裏《うら》を地面にたたきつけるようにして、土ぼこりをあげ、最後の力をふりしぼって走った。

横木を何枚《なんまい》もわたしした門の後ろには、恐《おそ》ろしいほど背《せ》の高い見張りの男がふたり、立っていた。どちらもトゥルカナ人で、日にさらされて色あせた木綿の布を、まっ黒な肌《はだ》にまとっている。そのふたりがライフル銃《じゅう》をかまえた。止まれ、というどなり声が聞こえ、ムゴは、手紙をとどけにきたと大声で言おうとした。ところが、あまりに息が切れていて、まともにしゃべれない。体もふらつき、まっすぐ立っていられない。片手《かたて》で必死に門につかまると、もう片方《かたほう》の手をポケットにつっこみ、だんなさま《ブワナ》からあずかった手紙を取り出して、横木のあいだからさしだした。細い指が力強い指がムゴの手のひらをかすめ、手紙を持ち去った。ムゴは目をとじ、ひざから地面にくずれ落ちた。

一九五三年一月～二月

12　ランスの計画

クリスマスの休みが終わって寄宿学校にもどった最初の晩《ばん》、ランスは、マシューが谷で一夜をすごしたという話をみんなに広めた。マシューは、そのことはもう忘《わす》れたかったのだが、ランスがパジャマすがたの男の子たちを大勢、マシューのベッドのまわりに集めてしまったのだ。みんな、くわしい話を聞きたがっている。ランスが言った。

「うちのパパは、二家族で車をつらねて帰ろうって言ったんだよな、マシュー？」

マシューは、少しおどおどしながらうなずいた。

「悪い予感がしたから？」年下の男の子がたずねた。

「ばか言うな、うちのパパは予感なんて信じてないよ！　軍隊にいてアビシニア（かつてヨーロッパの人たちが使っていたエチオピアの呼称）で戦ったから、待ちぶせされておそわれる危険《きけん》があるって知ってたんだ！」ランスはきつい口調で答えた。「だから、マシューのお父さんが指定居住区域《くいき》まで使用人を車でむかえにいくと聞いて、あきれたのさ。マシュー、つづきを話せよ」

もう、ランスを止めることはできない。マシューは顔が赤くなるのを感じながら、あの夜のことをなるべく簡単《かんたん》に話し、お父さんがずっと車の外で見張りをしてほかの四人を守ったというところを強調した。ところが、ほかの子たちはランスが言ったことをおぼえていて、いろいろときいてきた。

「そのときいっしょにいた使用人って、キクユ人？」

「うん。だけど、ただの使用人とはちがうんだ。カマウはお父さんの馬丁長だし、息子のムゴはキッチン・トトだし」

「こわくなかったの？　そのふたりも、白人を待ちぶせしておそう計画の仲間だったかもしれないのに」

「キクユ人が全員、マウマウを支持してるわけじゃないよ！」

「もし襲撃《しゅうげき》があったら、そのふたりが、車の中できみときみのお母さんを絞《し》め殺《ころ》したかもしれない！」

マシューはいらいらして言った。「待ちぶせって言うけど、うちの車がどこで故障《こしょう》するかなんて、どうしてわかるんだよ？　とにかく、そのふたりのことはずっと昔から知ってるんだ」

「だとしても、ランスのお父さんの言うとおりだよ。このごろじゃ、キクユのやつらは、だれも信用できない」年上の子が言うと、みんな、そうだそうだ、と言った。

「家に悪いやつが入ってくるのは、だれかが入れてやるからだ」

「ミクルジョン（イギリス人の農場主。元海軍士官。一九五二年十一月、自宅に侵入した〈マウマウ〉に刺殺された）とおくさんを殺したやつらも、家で働いていた使用人が中に入れたんだぞ！」

「その使用人も、殺人罪でつかまったよな」

「おどされてドアをあけたのかもしれないだろ」とマシュー。

「それでも、手を貸したことに変わりはないよ」

「うちのお父さんは、夕方六時になると使用人を家からしめだしてる」

「うちもだ！」

ランスが、「ほらな！」という顔でこっちを見た。マシューはだまっていた。

みんなが静かになると、ランスがつづきを話した。はじめ、うちのパパ、つまりスミザーズ警《けい》部補《ぶほ》は、助けを求める手紙を持ってきたムゴを徹底的《てっていてき》に取り調べた。その手紙が「わな」って可能性もあったからな……。それからランスは、峡谷《きょうこく》に助けにいったときのことをとても楽しそうに話した。だが、いちばん熱をこめて大げさに語ったのは、救助を終えたあと、父親が部下の警官《けいかん》たちをひき連れて谷を捜索《そうさく》した結果、一キロもはなれていないところにマウマウのかくれ家を見つけた、ということだった。そのかくれ家には、最近使われたあとがあったという。

「なあマシュー、死ぬほどラッキーだったたな、一家そろって死んでるとこを発見されなくて」

ランスの言葉が、静まりかえった宿舎にひびきわたった。マシューが思わず言いかえしそうになったとき、寮母《りょうぼ》が階段《かいだん》をのぼってくる足音と、「消灯ですよ！」とさけぶ声が聞こえて、何も言わずにすんだ。ランスの話を聞いていた子たちは散っていき、マシューはベッドに飛びこんだ。顔がシーツにこすれて、ひりひりした。

それから二、三週間後、ランスは週末を家ですごして寄宿学校にもどってくると、マシューに、きみがびっくりするようなことをぼくは知ってるんだと、ほのめかすようになった。「あれを見たら、きっと心臓《しんぞう》が止まりそうになるぞ」とか、「うちのお父さんが知ってることをきみのお父さんが知ったら、どうするかな……」などと言ったあとで、「だけど、言えないんだ。秘密《ひみつ》だから」と、わざと気になるように言うのだ。

マシューは、ランスの言葉が頭にこびりついて、夜ベッドに入ってからも気になってしかたなかった。そして、農場にいるお父さんとお母さんのことが心配になってきた。料理人のジョサイアとキッチン・トトのムゴは、ふだん、夜の八時ごろまでマシューたちの家にいる。もし、そのあいだにマウマウがやってきて、外側の門の見張りも内側の門の見張りも殺してしまったら？　ジョサイアが、すすんでマウマウに手を貸すとは思えない。だけど、やつらがジョサイアのおくさんのマーシーをつかまえて、ドアをあけないとこの女を殺すぞ、とおどしたら？　ジョサイアがどうするかはわからない。ムゴはもっとわからない。
あの谷での一夜以来、ムゴはほとんど笑わなくなってしまった。目を見ても、何を考えているのかわからない。マシューはときどきキッチンへいって、ムゴをさそいだそうとした。ところが、果樹園《かじゅえん》でヒヨドリを撃《う》ち落《お》とそうと言っても、クリケットをしようと言っても、ムゴもかわいがっているドゥマの毛についたマダニを取ってやろうと言っても、ムゴは何かしら理由を見つけてことわった。しかも、ジョサイアがだめだと言わないうちに。ムゴがなんだか変わってしまったみたいで、マシューは心配だった。だから、今度家に帰ったらお父さんとお母さんにそのことを相談してみようと、心に決めていた。

学期なかばの休みが始まる二日前の夜、教室で予習をしているときに、ランスは、電話がかかってきていると、呼《よ》びだされた。そしてもどってくると、マシューにメモをよこした。

ママからだった。今週末、きみをうちに泊《と》めるって。やったね！

ランスがウィンクしたので、マシューもウィンクを返したが、何か変だと気になって、残りの予習時間、ラテン語の動詞《どうし》の活用が頭に入らなかった。なぜ、うちのお母さんはぼくに電話してこないんだろう？

お母さんから電話がきたのは、予習時間が終わってからだった。

「金曜日にお父さんとふたりでナイロビへいく用事ができたから、ランスのお母さんに、その夜、あなたを泊《と》めてもらえないかってたのんだの。そしたら、日曜日までうちですごせばいいわ、って。あなたには願ってもないことでしょ！」お母さんは明るい声で言った。

マシューは少し責めるような調子で言った。「ランスからもう聞いたよ。でも、どうしてナイロビにいくの？」

お母さんはマシューの不安を察したようだった。「たいしたことじゃないの。お祖母さまのイギリスの地所のことで、書類にサインしないといけないのよ。日曜日に、スミザーズさんのお宅《たく》にむかえにいくわ。わたしたちも昼食にお招きいただいてるの。そのときになって、あんまり楽しいから家に帰りたくない、なんて言わないでね！」お母さんはそう言って、ちょっと笑った。

ランスの家で週末をすごしたいかどうか、ぼくに先にきいてくれたらよかったのに、とマシューは言いたかったが、それはやめて、話題を変え、ドゥマは元気？　とか、何かニュースはない？　などときいた。するとお母さんは、すべて順調だけど、グンタイアリ（巣をつくらず、集団でえものを襲うアリ）の被害《ひがい》にはまいったわ、と言った。夜中にひっそり侵入《しんにゅう》してきて、仕入れたばかりのヒヨコを木箱十箱分、朝までに食いつくしてしまったらしい。その事件について、マシューがしきりにあれこれたずねていると、とうとうお母さんが、もう電話を切らないと、と言った。
ランスが週末を楽しみにしているのがわかったので、マシューもしだいに、まあいいか、という気持ちになった。ランスは、買ってもらったばかりの空気銃《くうきじゅう》、〈キングサウザンドショット〉を試し撃《う》ちさせてくれると言った。それに、お父さんが警察《けいさつ》の仕事で出かけなくてもよければ、狩《か》りに連れていってくれるかもしれない、だけどほかにも計画していることがあるんだ……と、週末には何か冒険《ぼうけん》めいたことをするつもりだとほのめかした。
朝礼で「オール・シングズ・ブライト・アンド・ビューティフル（十九世紀なかばにつくられた英国国教会の賛美歌）」を歌っているとき、ランスが耳打ちしてきた。「くわしくは言えないけど、きっと一生忘《わす》れられない冒《ぼう》険《けん》になるぞ」マシューは、それ以上しゃべるなという合図に、ひざでランスのひざを軽く押《お》した。黒いマントをはおったファウラー先生が、望遠メガネでもかけているみたいに、ステージの上からふたりのほうをにらんでいたからだ。マシューは口を大きくあけて元気よく歌った。

頂《いただき》を赤紫《あかむらさき》にそめた山々よ
川は流れ……

ここの歌詞《かし》がマシューはいちばん好きだ。ファウラー先生が目をそらした。ランスがひざを押《お》しかえしてくる。ふたりは、競うように声をはりあげて歌った。

夕暮《ゆうぐ》れに、夜明けに
空は明るくそまる

なんだか、楽しい週末になりそうな気がした。

13 秘密《ひみつ》結社

金曜日、スミザーズ家に着いたのは日暮《ひぐ》れ近くだったので、外で遊ぶ時間はあまりなく、内側のフェンスと家のあいだの庭を飼い犬たちと走りまわるくらいしかできなかった。マシューは全力は出さず、ランスに先頭を走らせた。さけんだりほえたり跳《と》びあがったりしながら、にぎやかに犬との競走はつづく。マシューは、絶対にランスには言わなかったが、この家の犬のなかでもローデシアン・リッジバック（体高六〇〜七〇センチほどの猟犬）と黒のドーベルマン（体高七〇センチほど。軍用犬、警察犬に向く）がこわくてたまらなかった。マシューがくるたび、その二匹《ひき》は今にもかみつきそうな勢いでにおいをかぎ、しばらくしてからようやく受け入れる。そのようにしつけているのだと、ランスのお父さんは言っていた。飼い主とその家族を、どんなことをしても守るように。

六時になると、使用人たちがぞろぞろと家から出てきて、内側の門へ向かい、トゥルカナ人の見張りに門をあけてもらって出ていった。「ふたりとも家にお入り」と、ランスのお父さんの呼《よ》ぶ声がする。すると、犬たちがふたりを守るように前に出て、全力で走りだした。ランスとマシューが家に入ると、スミザーズさんは玄関《げんかん》のドアに鍵《かぎ》をかけ、さらに、戸口のはばと同じ長さの太い鉄のかんぬきをかけた。

ダイニングルームには夕食のしたくがしてあった。料理人がつくった冷製の肉料理、サラダ、デザートのトライフル（スポンジケーキを小さく切ったものやフルーツにジャムやカスタードクリームや生クリームをくわえたもの）がテーブルにならんでいる。マシューはすごくおなかがすいていたが、食事のマナーを守って、スミザーズ夫人に学校のことをきかれると、口の中のものを飲みこんでから答えた。スミザーズさんは、半分うわの空のようだった。うちのお父さんとちょっと似てるな、とマシューは思った。お父さんはいつも農場のことで頭がいっぱいだけど、スミザーズさんはきっと警察《けいさつ》の仕事のことを考えているんだろう。

食事のとちゅうで、廊下《ろうか》の電話が鳴った。ランスがぱっと立ちあがり、廊下《ろうか》へいって電話に出たが、すぐにもどってきて言った。

「パパ、急ぎの用事だって！　モリソンさんから」ランスはマシューに向かって、まいっちゃうよな、というように両眉《りょうまゆ》をあげてみせた。スミザーズさんはすぐに席を立った。

スミザーズ夫人はマシューとランスを相手に学校の話をつづけたが、スミザーズさんがもどってくるとふいに口をつぐんだ。スミザーズさんは、電話の内容をみんなに簡単《かんたん》に告げた。モリソンさんの家の犬たちが十分ほど前からしきりにほえるので、モリソンさんは侵入者《しんにゅうしゃ》がいるにちがいないと思い、地元の警察署《けいさつしょ》に電話したが、だれも出なかったらしい。モリソンさんの家は、ここから北西に向かって十キロほどいったところにある。

「ようすを見にいってくる。わたしが出かけたら、戸じまりをしっかりするんだぞ」スミザーズさんはそう指示して、ダイニングルームを出ていった。

その背中《せなか》にスミザーズ夫人が「気をつけてね！」と声をかける。夫人の上唇《うわくちびる》が少しふるえているように、マシューには見えた。

「パパは、金庫から銃《じゅう》と銃弾《じゅうだん》を持っていくんだ」ランスが、秘密《ひみつ》を打ち明けるような調子でマシューに言った。

スミザーズさんが玄関《げんかん》を出ていくと、ランスはお母さんを手伝ってドアにかんぬきをかけた。そのあとしばらく、三人とも何も言わなかった。スミザーズさんのジープにエンジンがかかり、低く重たい音をたてていたが、見張りが内側の門をあけて、ジープは出ていったようだった。沈《ちん》黙《もく》をやぶったのはランスだった。

「パパは部下の警官《けいかん》たちを連れていくんだよね、ママ？」

「そうね」

「その警官《けいかん》たちはどこにいるの？」マシューは気になってたずねた。知っているかぎりでは、いちばん近い駐在所《ちゅうざいしょ》でもかなりはなれている。

「そう遠くないところだよ」ランスはちらっとお母さんのほうを見てから、話題を変えた。「マシュー、モノポリー（不動産取引で資産を増やしていくボードゲーム）でもやらないか？」

やがて、スミザーズさんはまだ帰ってきていなかったが、ランスのお母さんからもう寝《ね》る時間よ、と言われた。ランスは顔に出すまいとしていたが、心配しているのがマシューにはわかった。ランスの部屋の窓《まど》は、家の表側に面している。パジャマに着かえながら、ランスは少なくとも三度、窓《まど》のカーテンのはしをめくって外をうかがった。そのあと、冒険《ぼうけん》をするんだとしきりに言っていたわりには、さっさと明かりを消し、二段《だん》ベッドの上の段《だん》にのぼっておやすみと言ったので、マシューは驚《おどろ》いた。このまま眠《ねむ》るなら、寄宿学校にいるときと同じじゃないか！

マシューは眠《ねむ》れないまま、下の段《だん》に横になっていた。家にいるときよりも、カバのしゃがれた鳴き声が近くに聞こえる。グレイソン農場の敷地《しきち》を流れている川は、このスミザーズ農場も通っているのだ。どんな週末になるのかなあ、とマシューは思った。早くもドゥマに会いたくなった。うちのお母さんは、スミザーズさんが夜に出かけることもあると知っていたら、ぼくをこの家に泊《と》まらせたりしただろうか？　うちでは、お父さんが夜にぼくとお母さんだけを残して出かけるなんて、考えられないことだ……。

このままずっと眠《ねむ》れないんじゃないかと不安になりかけたとき、上の段《だん》でランスがごそごそと動く気配がした。

「まだ起きてるか、マシュー？」ひそひそ声できいてくる。

「うん、眠《ねむ》れなくて」

「ぼくもだ」ランスが上の段《だん》からおりてきた。つま先立ちで、部屋のむこう側へ歩いていく。引出しをあける音と、中をかきまわして何かさがしているような音がしたと思ったら、とつぜん、懐中電灯《かいちゅう》の明かりを向けられて、マシューは目をぱちくりした。

「おまえはわたしの力からのがれられない！」ランスは芝居《しばい》がかった声で言って、明かりをマシューの顔に向けたままにした。マシューはまぶしくて、目を手でおおった。

「やめろよ、ランス！」

「しーっ、ママに聞こえるだろ！」ランスは懐中《かいちゅう》電灯をおろした。「計画では、あしたやるつもりだったんだけど、今から始めよう。慎重《しんちょう》にやれば、かくれ家までいかなくても、この部屋でできる」

「やるって、何を？」

「秘密《ひみつ》結社」

「どういうこと？」

「秘密《ひみつ》結社をつくるんだ。きみとぼくのふたりだけで。どうだ？」

ランスが急に変なことを言いだしたので、マシューは思わず起きあがった。

「どんなことをするの？」

「なんだってできる！　いちばん大事なのは、たがいに忠誠《ちゅうせい》を誓《ちか》い、秘密《ひみつ》を守ると誓《ちか》うんだ。

誓《ちか》いを立てて、絶対にやぶらないと宣言《せんげん》する」

マシューはきつくこぶしをにぎった。手のひらに爪《つめ》が食いこんで痛《いた》いくらいだ。これは、よく考えないといけない。

「さあ、どうする？」ランスが返事をせかす。

「その誓《ちか》いって、永遠なの？」

ランスは自信たっぷりに答えた。「そう、そこが肝心《かんじん》なところだ。いいか、もし、ぼくと秘密《ひみつ》結社をつくるのがいやだっていうなら——こわくてできないっていうなら——ぼくはほかのだれかと秘密《ひみつ》結社をつくる！　喜んでくれると思ったんだけどな」

「うれしいよ！　ただ、ちょっと考えてみたかったんだ」

「それで？」

「わかった。やろう」そう答えなければ、ランスにいくじなしと言われるにきまっていた。

ふたりは部屋のまん中に向かいあってすわった。皿に立てたろうそくがあいだに置いてあり、火がゆらめいている。ランスがポケットナイフの刃《は》を火の上にかざし、少しすると上下を返した。それから、ナイフを持っていないほうの人さし指を火に近づけると、ナイフをさっと動かして指先を傷《きず》つけた。

マシューはびくっとふるえそうになるのをこらえた。血を見ると気分が悪くなる。ランスの指の傷口《きずぐち》に血がにじみでている。ランスは傷《きず》つけた指をのばしたまま下に向けて、血をひとしずく、火の中に落とした。火はジュッと音をたてたが、燃えつづけている。ランスは人さし指を口元へ持っていき、血を吸《す》い取《と》った。

「きみの番だ」そう言って、ナイフをマシューにさしだす。「まず、火であぶって消毒しろ」

マシューはナイフを受け取り、手がふるえませんようにと祈《いの》りながら、刃《は》を火にかざした。自分も自分の指も、ランスにじっと見つめられている！　この試験に合格しなければ、ランスとの友情はおしまいだ。ランスにばかにされ、学校生活はたえがたいものになるだろう。

マシューは息を止め、もう片方《かたほう》の手をナイフに近づけると、急いで人さし指にナイフをあててひいた。痛《いた》みが頭にまでひびく。歯を食いしばってさけばないようにし、血が火の中に落ちると、傷口《きずぐち》を唇《くちびる》に押《お》しあてた。

何年もまえ、カマウとブッシュを歩いていたときに、傷口《きずぐち》をなめれば化膿《かのう》しないですむと教わったことがある。マシューは自分の血の味を感じながら、目をあげてランスを見た。ふたりは、それぞれ片手《かたて》を口に押《お》しあてたまま、少しのあいだ見つめあった。ランスがもう片方《かたほう》の手を、ボーイスカウトでするみたいにあげた。マシューも同じようにし、ろうそくの火の上でふたりは手のひらを合わせた。

ランスが言う。「ぼくの言うことをくりかえすんだ。――この秘密《ひみつ》結社のメンバーから助けや支えを求められたならば……」

「この秘密《ひみつ》結社のメンバーから助けや支えを求められたならば……」マシューはくりかえした。

「……昼夜を問わず、いつでもかけつけます。そうしなかった場合……」

「……昼夜を問わず、いつでもかけつけます。そうしなかった場合……」

「……この誓《ちか》いにより死んでもかまいません」

マシューは思わず、指の傷口《きずぐち》をまた唇《くちびる》にあてた。子どもが「神にかけて誓《ちか》う。うそだったら死んでもいい」なんて言ったとしても、本気でそう思ってるわけじゃない。だけど、ランスは恐《おそ》ろしく真剣《しんけん》な口ぶりだった。

「……この誓《ちか》いにより死んでもかまいません」マシューは、ランスにやっと聞こえるくらいの小さな声でくりかえした。

ランスはさらに誓《ちか》いの言葉をとなえた。死の苦しみにあっても、この秘密《ひみつ》結社のことは絶対にだれにも明かさない、と。マシューがその言葉を言い終えたとき、車のエンジン音が近づいてくるのが聞こえた。ランスはろうそくの火を吹《ふ》き消《け》すと、すばやく立ちあがり、カーテンのすきまから外を見た。

「パパが帰ってきた！　ベッドにもどれ。眠《ねむ》ってるふりをするんだ」

「シーツに血がついてたら、お母さんに怒《おこ》られない？」

「まだ血が出てるのか？」ランスは引出しをごそごそやってから、近づいてきた。マシューの手にハンカチが押《お》しこまれる。マシューはそれを人さし指に巻《ま》きつけた。

そしてふたりともベッドにもぐりこんだ。マシューが犬のほえ声を聞いているうちに、エンジン音が消え、玄関《げんかん》のかんぬきをはずす音がして、押《お》し殺《ころ》した話し声と、つづいて重たい足音が聞こえた。部屋のドアがそっと開く。マシューは目をとじたままにしていた。

「パパ？　ぼく眠《ねむ》れなかったよ！　だれかつかまえた？」ランスが興奮《こうふん》ぎみにたずねる。

「しーっ。マシューを起こしてしまうぞ。朝になったら話す」ドアのしまる音がした。

ベッドの上の段《だん》がゆれた。ランスがこぶしでまくらを何度もたたいているのだ。

「なんで今話してくれないんだよ？」怒《おこ》ったつぶやき声。マシューは何も言わなかった。疲《つか》れきっていて、早く眠《ねむ》りたかった。


朝食のとき、スミザーズ夫人がマシューの指の傷《きず》に気づいた。もう血は止まっていたが、はれていて、痛《いた》みもあった。スミザーズ夫人は、手当をするから洗面所《せんめんじょ》にいきましょう、と言い、どうして指を切ったの？　ときいた。マシューは、ランスのナイフを借りて刃《は》を出したときにうっかり切っちゃったんです、と答えた。傷《きず》に包帯を巻《ま》いてもらってもどってくると、ランスがにやっと笑った。ランスの指の傷《きず》はマシューのほどはれていなかったが、それでもランスは、傷《きず》をお母さんに見られないよう、気をつけているようだ。

「パパは？　ぼくたちを狩猟《しゅりょう》に連れていってくれるって言ってた？」ランスがお母さんにたずねた。

「朝早く出かけたわ。あなたたちがまだ眠《ねむ》っているうちに」

ランスは不満そうな声をあげた。「約束したのに。ゆうべ何があったか、話してくれるって」

「何もなかったのよ。モリソンさんの一家はご無事だし。ただ、ねんのため確かめにいったの」

スミザーズ夫人の口ぶりは、マシューのお母さんが本当は何かぐあいの悪いことがあるけれど話したくないときにそっくりだった。だが驚《おどろ》いたことに、ランスはそれ以上しつこくきこうとはしなかった。使用人がいるせいかな、とマシューは考えた。ムゴより少しだけ年上のキプシギス人（ケニア南西部に住む民族）の少年が、キッチンとダイニングルームをいったりきたりして料理を運んでいたのだ。料理人が焼いたばかりのベーコンエッグが、皿の上でパチパチ音をたてている。やがて、ランスがお母さんに、マシューを酪農場《らくのうじょう》へ連れていってもいい？　ときいた。

「新入りのサセックス種の雌牛《めうし》を見せたいんだ。繁殖用《はんしょくよう》のすごくでかいやつ！　もうすぐ繁殖《はんしょく》用《よう》の雄牛《おうし》もくるんだよね。巨体《きょたい》の花嫁《はなよめ》と花婿《はなむこ》ってことさ！」ランスはそう言いながら、マシューに目くばせした。

「お父さんが帰ってくるまで、おうちの中で遊んでいてくれたほうが安心だわ」

ランスは言いかえした。「ぼくもマシューもだいじょうぶだって、ママ。まっ昼間だよ！　パパなら、きっといいって言うよ。何時までに帰ってくればいいか決めてくれれば、ちゃんと守るから。約束するよ」

「お父さんと同じね。一度言いだすと聞かないんだから」スミザーズ夫人はため息をついた。

「酪農場《らくのうじょう》までいくだけだって！　パパがブッシュの草を刈《か》らせたから、ここからだって見えるんじゃない？」

「いいわ。でも、十一時までにはもどってきて。わかった？」

マシューは心の中で笑った。ランスが自分の考えを押《お》し通《とお》そうとするのは、ぼくに対してだけじゃなかったんだ。ただ、お父さんにだけは、そうできないらしい。


見張りのいる門を出ると、ふたりは先を争って酪農場《らくのうじょう》をめざした。家の前のブッシュは五百メートル近くにわたって草木を刈《か》ってあるので、家に近づいてくる者がいればはっきり見える。アカシアの木が二、三本だけ、切りたおされないで残っていた。酪農場《らくのうじょう》は短い坂をくだったところにあり、そのむこうには自然のままのブッシュが広がっている。牛が放牧されているところは草が短いが、右側のほうは木や草がびっしり生えていて、牛がいきたがらないので、草がよけい高くのびている。

マシューとランスはならんで走っていたが、坂をくだるあたりからランスが前に出た。背中《せなか》で小さなリュックサックが上下にゆれている。ランスは酪農場《らくのうじょう》へ向かう道からそれて、石がごろごろしている小道に入った。両側にはところどころ、ウチワサボテンのしげみがある。

「『巨体《きょたい》の花嫁《はなよめ》』を見にいくんじゃないの？」マシューが息を切らしてたずねた。

ランスは答えない。何か考えがあるらしい。

「どこへ向かってるんだよ？」

「心配するなって。ついてくればわかる！」ランスが肩《かた》ごしにさけんだ。

マシューはだまった。走ったせいで心臓《しんぞう》がせわしく打っている。どうやら、いちばん草深いあたりへ向かっているようだ。マシューはふと思った。ランスは自信満々だけど、都会のナイロビで育ったから、ブッシュのことをぼくほどには知らないはずだ……。

小道のどちら側の草も腰《こし》の高さになったところで、ランスは走る速度をゆるめた。こういうところには、どんな生き物がひそんでいるかわからない。

「どうしてこんなとこにきたんだよ？　銃《じゅう》も持ってないのに！」マシューは頭にきて言った。

「怒《おこ》るなよ、マシュー。酪農場《らくのうじょう》にいくって言ったあとで、空気銃《くうきじゅう》を使うから金庫の鍵《かぎ》を貸して、なんてママに言えないだろ？」ランスはちょっと笑った。「絶対、きてよかったと思うって。もうすぐだ」

「もうすぐって、どこまでいくんだよ？」マシューはいらいらして聞きかえす。

「一度見たら忘《わす》れられない場所さ」

少しすると、ランスはしゃがみ、マシューにもしゃがむよう合図した。「頭を低くして」

ふたりは、しゃがんだままゆっくり前進した。ランスはときおり頭を少しあげたが、マシューも頭をあげようとすると、きまって手ぶりでやめさせた。ランスはとうとう小道をはずれ、ついてこいと合図をよこした。ふたりは低い木のしげみを苦労して進んだが、マシューにはその木が、カマウから何度も気をつけるようにと言われた、ポイズンアローの木のように見えた。ポイズンアローは、葉も樹皮《じゅひ》も根も、薬にもなれば毒にもなる。そのうちに、ランスがリュックサックの中をさぐり、双眼鏡《そうがんきょう》を取り出すと、小声で言った。

「ここから見えるかどうか、確かめる。そこで待っててくれ」

ランスはポイズンアローの横の高い草をかきわけ、双眼鏡《そうがんきょう》を目にあてて、進んでいった。マシューはしゃがんだまま待った。何百匹《びき》ものセミがけたたましく鳴いていて、鼓膜《こまく》がやぶれそうだ。雄《おす》のセミが雌《めす》の気をひくために鳴くんだと、まえにムゴが教えてくれたが、マシューには、セミたちが頭がおかしくなって鳴きわめいているみたいに聞こえた。

マシューが心底うんざりして、ランスの命令にさからったらどうなるかな、と考えだしたころ、ランスがもどってきた。左手に持った双眼鏡《そうがんきょう》をさしだしたが、マシューに手わたすまえに右手をあげてささやいた。

「いいか、ひとこともしゃべるんじゃないぞ」

マシューも右手をあげ、手のひらをランスの手のひらに合わせた。それから、しゃがんだまま少し前へ進み、双眼鏡《そうがんきょう》を草のあいだにかかげて、目をあてた。

はじめは灰色《はいいろ》のぼんやりした丸しか見えなかったが、まん中のつまみをまわしてピントを合わせると、有刺鉄線《ゆうしてっせん》の高いフェンスが目に飛びこんできた。べつにめずらしいものじゃない。だけど、フェンスのむこうには、木でできた監視塔《かんしとう》がそびえていた。そして、監視塔《かんしとう》の上に、ライフル銃《じゅう》を持った見張りがふたり、立っていた。マシューは少しびっくりしながら、双眼鏡《そうがんきょう》をさげて、フェンスの中にピントを合わせた。すると、戦争をしていたころのヨーロッパの写真みたいな光景が広がっていた！　すごくたくさんの人が、有刺鉄線《ゆうしてっせん》の囲いの中にいる。お父さんとお母さんが戦争中に買って今もとってあるイギリスの雑誌《ざっし》に、よく似た光景の写真がのっていた。あの監《かん》視塔《しとう》がコンクリートと鋼鉄《こうてつ》でできていたら、ナチの強制収容所《しゅうようじょ》（アドルフ・ヒトラー率いるナチス・ドイツが、一九三三年から四五年にかけて、ユダヤ人、反ナチ党の人などを強制的に収容し、過酷な労働をさせたり、虐殺したりしていた施設）の写真とそっくりだ。はるか遠く、囲いの中の低い建物の横には、ジープが一台停《と》まっている。

「どういうこと？」マシューは背中《せなか》をのばしてたずねた。

ランスが答える。「絶対に秘密《ひみつ》だぞ。パパはあの連中を調べて、だれがマウマウか、つきとめようとしてるんだ。モリソンさんの家と農場で働いてる使用人たちを、あそこに連行したんだと思う」

「どうして警察署《けいさつしょ》に連れていかないの？」マシューはわけがわからなかった。スミザーズさんは警察《けいさつ》予備隊の警部補《けいぶほ》で、町には警察署《けいさつしょ》があるのに。

「こっちのほうがいいんだ。パパは独自《どくじ》の捜査隊《そうさたい》をまかされてる。そして結果を出してる」ランスは自慢《じまん》げに言った。

「マウマウを見つけたら、どうするの？」

「マウマウはひとりじゃない。何百人もいる！　あそこにいるやつらのほとんどがマウマウなんだ！　目を見ればわかるって、パパは言ってる。見つけたら、まとめて送りこむのさ。監獄《かんごく》か、政府の収容所《しゅうようじょ》に。トラックで何台分も」

「なら、どうしてここのことは秘密《ひみつ》なの？　政府がトラックをよこしてくれるなら、ここのことを知ってるはずだよね」マシューはなおもきいた。

「政府は、ここのことを正式には知らないけど、パパにまかせておけば結果を出してくれるってことは知ってるんだ。何もわかってないんだな、マシュー」ランスはあきれたように宙《ちゅう》をあおぎ、首をふった。

マシューはむっとした。ぼくをそんなにばかだと思ってるなら、なぜふたりで秘密《ひみつ》結社をつくろうなんて言ったんだ？　マシューは双眼鏡《そうがんきょう》をぐいとランスにつきかえすと、そっけなく言った。

「酪農場《らくのうじょう》にいこうっと。『巨体《きょたい》の花嫁《はなよめ》』を見たいから」マシューが立ちあがろうとすると、ランスが脚《あし》をつかみ、またしゃがませた。双眼鏡《そうがんきょう》が地面に落ちた。

「ばか、見つかるだろ！」

「知るか！　はなせよ！」マシューは脚《あし》をひきぬこうとしたが、ランスははなさない。ふたりは取っ組みあい、勝負はなかなかつかなかった。

「わかったよ」ランスが息を切らし、手をはなした。「いこう。頭は低くしとけ！　ここにいたことがパパにばれたら、おしまいだ」

マシューはよろけながら立ちあがり、歩きだした。ランスが双眼鏡《そうがんきょう》をひろって追ってくる。

マシューはランスに少し歯向かったので、いい気分だった。だけど、頭は低くしておいた。スミザーズ警部補《けいぶほ》につかまるのは、ごめんだった。

一九五三年三月

14　イッチマエドリを殺すな

今では、ムゴが兄さんのギタウのことを心配しない日は、一日もなかった。ギタウは、いとこのマイナといっしょに森にたどり着いただろうか？　今ごろ何をしているんだろう？　食べるものや寝《ね》るところはどうしているんだろう？

あの日、ギタウたちに会ったときのことを家で父さんが話すと、母さんははじめ静かに聞いていたが、父さんが怒《いか》りをあらわにして「ギタウは教育を投げだしたんだ」と言うと、「あの子を責めないで！　あなただって、あの子の立場だったら同じようにしたんじゃない？」と、言いかえした。ムゴは驚《おどろ》いた。このごろは、夜、家の中に重苦しい沈黙《ちんもく》が流れていることが多い。マイナのお父さんのゆくえはわからないままだし、国じゅうのあちこちに新しい強制収容所《しゅうようじょ》ができているといううわさを、よく耳にするようになった。キクユが大勢、白人の農場のそばの住みなれた家から追いだされて、居留地にむりやり移住させられた、という話も聞いた。ムゴはときどき、暇《ひま》になると、道に面した門のところへいって、トゥルカナ人の見張りの横にすわった。そこにいると、男や女や子どもを大勢のせたトラックが通りすぎるのを目にすることがあった。金網《かなあみ》の檻《おり》にとじこめられた人たちを運ぶトラックを見かけるたび、ムゴはその人たちの顔をよく見ようとした。だが、トラックはたいていスピードをあげて走っていて、顔ははっきりとは見えなかった。ただ、どの顔も怒《いか》りの表情を浮《う》かべ、土ぼこりにまみれているのはわかった。

ムゴは見張りたちと言葉をかわすようになった。まえから話しかけてみたかったのだが、見張りの男たちはすごくこわそうだったから、実行にうつすにはかなり勇気がいった。だけど、いったん思いきって話しかけてみると、ふたりともギタウよりほんの少し年上なだけだとわかった。ふたりはスワヒリ語を少し話せたので、ムゴはトゥルカナ語を教えてとたのんだ。そして、お返しにキクユ語をいくつか教えてあげた。

ときおり、ムゴは考えた。ギタウはどう思うだろう？　じいちゃんの土地をぬすんだ白人を守ってお金をもらっている人たちと、弟が仲よくしているのを見たら……。ムゴはどう考えたらいいのかわからなかった。トゥルカナ人はケニア北部の大きな湖のそばに住んでいて、湖のまわりには砂漠《さばく》が広がっているのだと、ふたりは話してくれた。一年の大半は雨がふらないので、家畜《かちく》はいつもやせているという。家族はとても貧しく、ふたりとも学校に通ったことがない。故郷《こきょう》は恋《こい》しいが、お金が必要だから、ここで白人にやとわれて働くことにした。ここへきてまもなく、この仕事は多くの人にきらわれているんだと知った。とても孤独《こどく》な仕事だ……。

ムゴも、最近は孤独《こどく》を感じることがふえた。昼間はたいてい、キッチンの中かキッチンのまわりですごす。ムゼー・ジョサイアは急に老《ふ》けこんだように見えた。その日のメニューをおくさま《メムサヒブ》と話しあうときと、ムゴに仕事の指示をするとき以外は、めったにしゃべらない。おくさんのマ・マーシーがキッチンにきて話しかけても、そっけない返事しかしない。このふたり、家では話してるのかな、とムゴが心配になるほどだ。ムゼー・ジョサイアの目には、苦しみがにじんでいた。

ムゴは以前、休憩《きゅうけい》時間には、使用人の居住区で遊んだり、ブッシュへいって友だちの牧童たちのあとを追いかけたりしていた。ところが、それもこの一年で変わってしまった。同じ年ごろの男の子たちに近づいていっても、むこうが気まずそうにするのだ。おれはみんなから信用されていないのかな、とムゴは思った。まだ誓《ちか》いを立てていないことを、知られているにちがいない。

夜ごと、ムゴは横になって眠《ねむ》れないまま、あのドレッドヘアの男がフェンスをやぶって自分をつかまえにくるんじゃないか、と考えた。だんなさま《ブワナ》の車が動かなくなった場所の近くで、スミザーズ警部補《けいぶほ》がムヒムのかくれ家を見つけたと聞いたが、ムゴが知るかぎり、だれもつかまってはいない。だけど、あの日自分がうそをついたことに、ドレッドヘアの男かコートの男が気づいたとしたら？　だんなさま《ブワナ》の一家を守ろうとしたおれを、あいつらはけっして許しはしないだろう。何より恐《おそ》れているのは、あの男たちが父さんやほかのみんなに協力させようとすることだ。

白人から信用されている使用人が白人を裏切《うらぎ》り、玄関《げんかん》のドアをあけて、ムヒムを家に入れる役目をすることは、よく知られている。使用人が、刃物《はもの》で白人を傷《きず》つけろとムヒムから命じられることもあるという。ムゴはこわくてたまらなかった。ひとつだけ、はっきりとわかっていることがある。うちの父さんは、どんな誓《ちか》いを立てたとしても、だんなさま《ブワナ》やその家族を傷《きず》つけるくらいなら自分を殺してくれ、とムヒムに言うにちがいない。

三か月近くたってもドレッドヘアの男がやってこなかったので、ムゴはこう考えるようになった。やつらは真実を知っているからこそ、おれをほうっておくんだ。やつらから見れば、おれはもう裏切《うらぎ》り者なんだ。おくさま《メムサヒブ》から、ぼっちゃんがもうじき復活祭（キリスト教で、キリストの復活を祝う日。春分後の最初の満月の次の日曜日。その前後は春休みとなる）の休みで帰ってくると聞かされたとき、ちょっとうれしくなったが、そんな気持ちをやつらに知られたら、あいつはやっぱり裏切《うらぎ》り者だと思われるだろう。だけど、ぼっちゃんが帰ってくるという知らせに思わずにっこりしたのには、自分でも驚《おどろ》いた。ふざけ半分に、犬のドゥマにまでそのことを教えてやった。ドゥマも、まるでこっちの言うことがわかったみたいに、うれしそうにほほえていたっけ……。

ムゴは、父さんとキクユの指定居住区域《くいき》にいった日からずっと、自分の殻《から》にとじこもり、何かしら言《い》い訳《わけ》を見つけてはキッチンにとどまっていた。外に出てマシューと遊ぶ気にはなれなかった。そのくせ、やがてマシューが寄宿学校にもどってしまうと、会いたくなった。ぼっちゃんはいばっているし、うっとうしく感じることもあるが、もともとは悪い子じゃない。夜、ときどき不安でたまらなくなるが、ぼっちゃんを憎《にく》く思う気持ちはなかった。

ところが、おくさま《メムサヒブ》がムゼー・ジョサイアに、週末は家族三人の分以外にもうひとり分、食事を用意してちょうだいと指示しているのを耳にして、その「もうひとり」がマシューの友だちの、あの警部補《けいぶほ》の息子だとわかると、ムゴの胸《むね》にははげしい怒《いか》りがこみあげた。あの子は、手紙をとどけたおれに父親の警部補《けいぶほ》があれこれきびしくたずねているあいだ、そばにいた。そして、そのあと谷までついてきた。あの子の目は空のような青色だけど、おくさま《メムサヒブ》の冷蔵庫《れいぞうこ》に入っている氷のようにつめたい。色はちがうが、ウミワシがえものをねらっているときの目に似ている。


ぼっちゃんがもどってくる日、ムゴは車が近づいてくる音を耳にしたが、だんなさま《ブワナ》がクラクションを鳴らすまで待ってから、玄関《げんかん》の前にむかえに出た。ドゥマはもう車寄せにかけだして、跳《と》びあがったり、尾《お》をふってマシューと警部補《けいぶほ》の息子のまわりをぐるぐるまわったりしていた。

「やあ、ムゴ！」マシューが笑うと、目と白い歯がきらりと光った。休日をすごしに帰ってきたマシューの「ただいま」の顔は、寄宿学校にもどるため「いってきます」と言うときの暗い顔と全然ちがう。ムゴも、ひかえめな笑顔でこたえた。これでしばらく、この家にも活気がもどる。

警部補《けいぶほ》の息子とは目を合わさないようにしながら、急いでマシューのスーツケースを車のトランクから出し、肩《かた》にかついだ。

「もうひとつのスーツケースは予備の部屋に運んでね、ムゴ！」

おくさま《メムサヒブ》はそう言ってから、警部補《けいぶほ》の息子のほうを向いてにっこりした。「うちでの週末を楽しんでもらえたらうれしいわ、ランス」

「ありがとうございます。マシューと最高の計画を立ててるんです。そうだよな、マシュー？」

この言葉を聞いた瞬間《しゅんかん》、ムゴには、ふたりのどちらがボスなのかわかった。

マシューは、家に帰ってきた翌日《よくじつ》、朝食のあとでキッチンにやってくることが多い。「ジョサイアにはないしょだよ！」と言って、びんの中のビスケットをくすねていくだけのこともあるが、たいていはムゼー・ジョサイアにせがんで、ムゴが仕事を早めに切りあげる許しをもらおうとする。ところが今回は、土曜日の午前中、キッチンは静かなままだった。朝食のとき、ムゴは料理をダイニングルームに運んだり、使った皿をキッチンにさげたりしながら、「馬に乗って」とか「射撃《しゃげき》の練習」という言葉を耳にしていた。朝食が終わり、外の洗《あら》い場で皿を洗《あら》っていると、マシューと警部補《けいぶほ》の息子が馬小屋のほうへ走っていくのが見えた。ふたりにつづいてだんなさま《ブワナ》も馬小屋へ向かった。少しすると、だんなさま《ブワナ》が自分の白い雄馬《おうま》に乗って現れ、その後ろに葦毛《あしげ》（白い毛に、黒、茶などの毛がまじっている馬の毛色）の馬に乗ったマシューと、栗毛《くりげ》（体の毛が茶または赤茶色で、たてがみ、尾、四肢が同じかそれより明るい色合いの馬の毛色）の馬に乗った警部補《けいぶほ》の息子がつづいた。栗毛《くりげ》の馬は、ムゴのお気に入りだった。

馬小屋の入り口に父さんが立って、馬に乗った三人を見送っていた。その日は警部補《けいぶほ》の息子に向けられているようだ。ふいに、父さんは三人を呼《よ》びとめた。もっと近ければ、なんと言っているか聞こえるのに……。父さんは、栗毛《くりげ》の馬がくわえているはみ（馬を制御するための器具であるくつわの、馬にくわえさせる棒状の部分）を指さしていた。乗っている男の子が手綱《たづな》を強くひきすぎて、はみが馬の口に食いこんでいるようだ。あの馬はもともと、口に傷《きず》があったのに。ところが、警部補《けいぶほ》の息子は父さんの言うことをきかず、とうとうだんなさま《ブワナ》が馬をまわして、男の子に注意した。ムゴは、あとで父さんにこのことをくわしくきこう、と思った。父さんは、どの馬もとても大切にあつかっている。

馬で出かけた三人は、おくさま《メムサヒブ》が用意させた午前のお茶に間に合うように帰ってきた。日が照って暑くなっていたので、マシューと警部補《けいぶほ》の息子はベランダに模型《もけい》飛行機とすずの兵隊を持ってきて遊びはじめた。お茶が終わり、ムゴが食器を片《かた》づけにいくころには、マシューは友だちとの遊びに夢中になっていて、ムゴがそこにいることにさえ気づいていないようだった。ふだんはムゴに、自分がすずの兵隊をどう動かしているか、とてもくわしく話して聞かせるのに。ムゴはトレイを持ったまま足を止めた。両軍がどんな戦いをしているのか、興味があったのだ。ところが、警部補《けいぶほ》の息子ににらまれていることに気づき、びくっとしたせいで、トレイにのせたカップやソーサーがカチャカチャ鳴った。急いで立ち去ろうとしたムゴの耳に、警部補《けいぶほ》の息子がマシューに言った言葉が飛びこんできた。

「ずうずうしい使用人だな」


その少しあと、ムゴが昼食用の野菜を洗《あら》っていると、おくさま《メムサヒブ》がキッチンにきて、あしたはピクニック用の料理をたっぷり用意してね、とムゼー・ジョサイアに言った。あしたは、警部補《けいぶほ》とその夫人もきて、二家族でグレイソン農場内のブッシュへ車ででかけ、一日すごす予定らしい。遠出の目的は狩猟《しゅりょう》だから、きっとお肉をたくさん持ち帰れると思うわ、とおくさま《メムサヒブ》は言った。昼食のときには、マシューが警部補《けいぶほ》の息子と動物や銃《じゅう》の話をしているのが聞こえた。だんなさま《ブワナ》まで、楽しそうな表情をうかべていた。まるでパーティーのまえの日みたいだ。

「非常事態だからって、楽しみをすべてあきらめるのはいやだわ！」おくさま《メムサヒブ》が言うのを聞きながら、ムゴはよごれた皿を重ねていた。

「心配いりませんよ。うちのお父さんもいっしょですから！」警部補《けいぶほ》の息子は興奮《こうふん》しているのか、声が少しふるえていた。


午後になると、マシューたち白人の男の子ふたりは射撃《しゃげき》の練習を始めた。マシューはムゼー・ジョサイアに、的《まと》を立てるのをムゴに手伝ってもらってもいいか、とたずねた。

「キッチン・トトは自分の仕事を終えないといけないのです、ぼっちゃん」とムゼー・ジョサイアが答えたので、ムゴはほっとした。警部補《けいぶほ》の息子のそばにはいたくない。キッチンの外の物置のとなりで、大きな石に腰《こし》かけておくさま《メムサヒブ》の銀器をみがいているほうが、よほど気が楽だった。果樹園《かじゅえん》のほうから銃声《じゅうせい》と、小さな弾丸《だんがん》がブリキの的《まと》に当たる音が、ひびいてきた。兄さんのギタウが「白人は、自分より力のある人間にしか敬意《けいい》をはらわない」と言っていたのを思い出した。あのときからギタウは、いつか銃《じゅう》を持った白人たちと戦うことになると思っていたんだろうか？自分も銃《じゅう》を持って戦うのだと？

　銀のナイフをぴかぴかになるまでみがいていると、イッチマエドリ（英語で go-away bird。クウェイ、クウェイという鳴き声のひびきが go away と似ていることからついた呼び名。正式名はムジハイイロエボシドリ）が数羽、かん高い声で鳴きだした。はじめは気にとめなかったが、しだいに鳴き声はぞっとするほどはげしく、銃声《じゅうせい》をかき消すほどになった。まさか、あのふたり、イッチマエドリを撃《う》つつもりじゃないだろうな？　牧童ならだれでも知っていることだが、イッチマエドリは、ライオンやヒョウといった捕食《ほしょく》動物が近くにいると鳴いて教えてくれる、いい鳥なのだ。だから、イッチマエドリを殺すと災難《さいなん》にみまわれる。そのことは、マシューもうちの父さんから教わったはずだし、そういう話も聞いているはずだ。ムゴはみがき布とナイフを地面に投げだし、かけだした。物置の反対側に出るとすぐ、警部補《けいぶほ》の息子が銃《じゅう》を持っているのが見えた。

「ぼっちゃん！　その鳥を殺してはいけません！」

警部補《けいぶほ》の息子がくるりとこちらを向いた。ムゴはぴたっと止まった。銃《じゅう》を向けられている。

「おまえは何様だ？　ぼくに指図する気か？」つめたい目が怒《いか》りに燃えている。

ムゴの脈が速くなる。「どうか、ぼっちゃん……」マシューのほうを向いてうったえる。「どうか……お友だちに言ってください……災難《さいなん》にみまわれるから……撃《う》たないようにと」

「ランス、そう怒《おこ》るなよ！　ムゴはただ――」マシューが言いかけたが、警部補《けいぶほ》の息子がさえぎった。

「生意気な使用人をなぜしからないんだ、マシュー？」そう言いながら進んでくる。銃口《じゅうこう》はムゴに向けたままだ。

「本当なんだ、ランス。災難《さいなん》を呼《よ》ぶんだ！　銃《じゅう》を返してくれよ！」マシューが言いつのる。

「二度とぼくに指図するな！　わかったか？」警部補《けいぶほ》の息子がムゴにどなった。

「わかりました、ぼっちゃん」ムゴは小さな声で答え、相手の怒《いか》りたけった目を見ないようにした。

「なんだって？　聞こえないぞ！」

「わかり――ました――ぼっちゃん」ムゴはむりして大きな声を出した。こぶしをにぎり、怒《いか》りにふるえそうになるのをおさえる。

警部補《けいぶほ》の息子は銃《じゅう》をさげ、マシューに向かってぐいとさしだした。

「こうやってしたがわせるんだ。わかったか、マシュー?」

ムゴはけんめいに息をととのえた。次の瞬間《しゅんかん》、マシューが答える間もなく、ドゥマが白人の男の子たちのほうへ全力でかけてきた。口に、羽の生えた細長いものをくわえている。ドゥマは、マシューの銃尾《じゅうび》をのせた足のそばの、赤い土の上にそれを落とした。ネズミのように見えるが、頭に小さな冠《かんむり》のような灰色《はいいろ》の羽毛が生えていて、長い尾《お》も灰色《はいいろ》をしている。横向きの体の白い胸《むね》から血が流れ、黒い目がまっすぐムゴを見ている。

「あっ、ああっ!」ムゴはさけんだ。そしてイッチマエドリの死骸《しがい》から目をあげ、責めるように警部補《けいぶほ》の息子を見ると、くるりと背《せ》を向けて走りだした。

15　たき火をするだけ

「焼いて食べようぜ！」ランスが、しとめた鳥をポケットナイフで刺《さ》して持ちあげた。「せめてひとくちずつ、食べないとな」

マシューはいやそうに鼻にしわをよせた。

「ブッシュでしとめた動物の肉は食べるんだから、ブッシュでしとめた鳥を食べてもいいだろ、マシュー？　うまかったら、ぜんぶ食べてもいい」

「わかってないな、ランス。イッチマエドリは殺しちゃいけないんだ！」

「だれがそう言った？」

「カマウが聞かせてくれた話では、だれかがイッチマエドリを殺すと、かならず悪いことが起こるんだよ！」

「そんなばかげた話を信じてるのか、マシュー！　とにかく、秘密結社《ひみつ》をつくったからには、何かに挑戦《ちょうせん》しないとだめなんだ」

ランスにはかなわない。人をばかにしたり怒《おこ》らせたりしたかと思うと、次の瞬間《しゅんかん》には好奇心《こうきしん》をそそるようなことを言ったり、おだててきたりする。秘密《ひみつ》結社の誓《ちか》いを立ててから、ランスはますます腹《はら》の立つ行動をとるようになった。マシューは反抗《はんこう》したくなる。以前、ランスのお父さんがマウマウを見つけるためにつくった収容所《しゅうようじょ》を見にいったとき、ランスにちょっと歯向かったことを思い出した。しかし学校では、あいかわらずほかの子たちからランスの親友のようにあつかわれるのが楽しかった。

「火をおこさないとな。だれにも見られないところで」ランスはマッチ箱をポケットから取り出し、カタカタとふってみせた。用意がいい。

マシューは、馬小屋の後ろの壁《かべ》とフェンスのあいだの細長い空き地がいいかなと思ったが、口に出すのをためらった。そこはマシューがいちばん気に入っている場所で、じょうぶな枝や茎《くき》でつくった草ぶきのかくれ家があるのだ。キクユ人が穀物《こくもつ》をたくわえておく小屋に似せて、もちろんムゴに手伝ってもらってつくったのだ。キクユ特有のものもいくつか、ムゴからもらってそこに置いてある。雄牛《おうし》の鼻につけるベルのこわれたもの、サイザルアサでつくったわな、土を掘《ほ》るための棒《ぼう》、バナナの葉でつくったボール。ランスが見たら、きっとばかにして笑うだろう。

「ここで待ってて。偵察《ていさつ》してくる」

マシューはランスにそう言うと、空気銃《くうきじゅう》のレッドライダーを肩《かた》にかついで歩きだした。ドゥマが忠実《ちゅうじつ》についてくる。

ランスに聞こえないところまでいくと、秘密《ひみつ》でも打ち明けるようにドゥマに話しかけた。「ランスはどうかしてるよな？　イッチマエドリを食べたりするか？」

ドゥマは顔をあげて、そのとおりです、というようにマシューを見た。

「かしこい子だ！」マシューはドゥマをなでた。「おまえは絶対にイッチマエドリを食べたりしないよな」

馬小屋の入り口までくると、カマウと若《わか》い馬丁のようすをうかがった。ふたりとも、栗毛《くりげ》の雌《め》馬《うま》の世話にかかりきりのようだ。マシューは、だいじょうぶだからこいよ、というようにランスに手をふってみせた。ランスは走って庭をつっきってくると、ナイフに刺《さ》した鳥の死骸《しがい》を旗みたいにかかげて、平然と馬小屋の前を通りすぎた。マシューは、まったく、と小声でののしった。

馬小屋のはしで合流すると、ふたりで小屋の横にまわりこんだ。壁《かべ》にそって紫《むらさき》色《いろ》のブーゲンビリアが咲《さ》き、生垣《いけがき》のようにフェンスのほうまでつづいている。そのせいで、馬小屋の裏《うら》の細長い空き地は見えづらい。マシューのかくれ家へは、ブーゲンビリアとフェンスのあいだのせまいすきまを通っていかなければならない。ドゥマはさっさとそのすきまをぬけていったが、マシューはすきまの少し手前に立って、あたりを見わたした。遠くの花壇《かだん》で女の使用人がふたり、ひざをついてうつむいて草取りをしているのをのぞけば、庭にはだれもいない。家のベランダのいすにも、だれも腰《こし》かけていない。お母さんのすがたもお父さんのすがたも見えない。もう一度、だいじょうぶ、と合図を送ると、ランスはすきまをぬけて先に進んだ。マシューが足音をしのばせていくと、口笛が聞こえた。ランスがかくれ家を見つけたのだ。ドゥマはもう中に入って、日かげに落ち着いている。

「ひどいな。今まで教えてくれなかったじゃないか、こんな――」

「たきぎを取ってくる」マシューはさえぎるように言うと、ランスにそれ以上何かを言うすきをあたえず、後もどりしてブーゲンビリアの生垣《いけがき》の外に出た。

少ししてもどってくると、ランスはナイフで鳥を解体するのに夢中になっていた。頭と尾《お》は、すでに切り落としてある。マシューは、かくれ家の中を見た？　とランスにたずねはせず、たき火ができそうな場所をさがしたが、土がかわいていて草があまりしげっていないのはかくれ家のまわりだけだった。マシューは、かかえてきた大小の枝と二本の小ぶりのまきを、かくれ家の前の地面におろした。フェンスまで二メートルもない。フェンスのむこうは乾燥《かんそう》したトウモロコシの畑だ。

「やっぱりここはあぶないよ、ランス。畑に近すぎる」マシューは心配になって言った。

「ばか言え！　この鳥を食べたくないから、そんなこと言ってるんだろう？」ランスは尾羽《おばね》でマシューの鼻をくすぐった。

「やめろよ！」マシューがさけぶ。

「しーっ！　だれかに聞かれるぞ！」ランスはしのび笑いをもらした。「ちょっとたき火をするだけだ。気をつければだいじょうぶさ」

マシューは言いかえさなかった。鳥はとても小さいから、すぐに焼けるだろう。そしたら火を消して、立ち去ればいい。マシューは、ムゴほどではないがすばやく上手に火をおこせるところを、ランスに見せたかった。まずは、たきつけ用に小枝を小さくまとめ、その外側に細めの枝を円すい形に組み、さらに少し太い枝を立てかける。最後の枝を置いたとき、ランスが、自分が火をつけると言いだすんじゃないかと思ったが、ランスはだまってマッチ箱をほうってよこした。

マシューはマッチに火をつけ、内側のたきつけに近づけた。すぐに火が燃えうつったので、底のほうにそっと息を吹《ふ》きかけ、火を大きくした。煙《けむり》があがると、においが心配になった。馬小屋までにおいがただよっていきませんように。カマウがようすを見にきたら、火を消すように言うだろう。だけどランスはきかないだろうから、カマウはお父さんに言いにいって……ぼくは長々と説教されることになる。

しかし、ランスはちっとも心配していないようすで、ポケットから丸めた針金《はりがね》を取り出すと、のばして、イッチマエドリの胸《むね》をつき刺《さ》した。針金《はりがね》の両はしをそれぞれ枝に巻《ま》きつけ、片方《かたほう》をマシューによこす。ふたりで鳥を火の上にぶらさげて、あぶる形になった。血がぽたぽたと火の中に落ちる。

火の近くにいるせいで、マシューは顔が熱くなってきた。これを鶏肉《とりにく》だと思えば、食べられるかもしれない。牧童だって、ブッシュでいろんな生き物をつかまえては、焼いて食べてるじゃないか。きっとランスの言うとおり、カマウの話も、ムゴが止めたのも、迷信を信じてるだけなんだ。もっとかしこくならなくちゃ。

マシューはそう思ったものの、最初のひとくちはランスにゆずった。鳥はまだ針金《はりがね》にぶらさがっている。きっと心臓《しんぞう》にはもう火が通っただろう。

「うまい！」ランスは鳥をひとくち食べて、唇《くちびる》をなめた。針金《はりがね》ごとマシューによこし、にーっと笑う。ドゥマもかくれ家から出てきて、焼けた鳥を見てよだれをたらしている。

マシューはひとくち口に入れて、かんだ。そのまま飲みこめそうだったが、ちょうどそのとき、ランスが鳥の頭を火に投げ入れた。死んだ鳥の黒い目にじっと見つめられ、冠《かんむり》のような毛が火花をあげて燃えだすのを目にすると、はげしい吐《は》き気《け》がこみあげてきた。マシューはくるりと向きを変え、口の中のものを吐《は》き出した。吐《は》き気《け》が増し、頭がくらくらした。

「どうした、マシュー？　ぼくはちゃんと食べたぞ。そんなにまずくなかった！」ランスの声がぼんやり聞こえたが、マシューはどうにもこらえきれず、体をふたつに折ってはげしく吐《は》いた。

ふるえが止まるまで、しばらくかかった。ドゥマが、なぐさめるように体をよせてきた。マシューはランスと目を合わさないようにした。きっとばかにされ、笑われるだろう。それどころか、もう一度食べろと言われるかもしれない。ところが、驚《おどろ》いたことにそうはならなかった。

「おい、マシュー、どうしたんだよ？」ランスは本気で心配しているみたいだ。

マシューは「わからない」と身ぶりで答えた。それから、ゆっくり火のほうを見た。すると意外にも、ランスが火に土をかけて消そうとしているので、ほっとした。

「きみのお母さんが呼《よ》んでる声がした。ゲエゲエしてて聞こえなかっただろ！」ランスは笑い飛ばすみたいに言った。「早く、手伝ってくれ！」そう言うと、マシューに棒《ぼう》を投げてよこした。かくれ家に置いてあった棒《ぼう》だ。やっぱり、ランスはかくれ家の中に入ったんだ。しかし、マシューはまだ胃がしくしく痛《いた》んでいたので、何も言わず、土を掘《ほ》りはじめた。ランスは土をもう少し、火にかけた。

「マシュー！　ランス！　どこにいるの？」

今度はマシューにもお母さんの声が聞こえた。庭に出てきてふたりをさがしているらしい。お母さんがブーゲンビリアのすきまからこっちをのぞいて火を見つけたら、大変だ。火を完全に消す方法を考えているひまはない。とにかくお母さんの注意をそらさないと。マシューは名案を思いつき、ランスに言った。

「お母さんがこっちに背中《せなか》を向けているすきに出ていって、マシューはかくれてるけど見つけて連れていきます、って言うんだ。火は、ぼくがなんとかする」

このときばかりは、ランスも反対せず、言われたとおりにした。

もう炎《ほのお》はあがっていないが、大きめの枝はまだ燃えている。マシューは土を掘《ほ》っては、燃えている枝にかけた。いちばんいいのは、水を持ってきてかけて、完全に火を消すことだ。だけど、お母さんが庭にいるし、お父さんもベランダのいすに腰《こし》かけて夕食まえの一杯《いっぱい》を飲んでいるころだから、今、水をくんでくることはできない。

マシューは必死にかたい地面を掘《ほ》っては、たき火に土をかけた。ランスの「出てこい」という合図の口笛が聞こえたころには、火はほとんど消えていた。いちばん太いまきが、まだ少しくすぶっているが、それもすぐに消えるだろう。赤い残り火はもう見えない。マシューは地面に置いてあった空気銃《くうきじゅう》のレッドライダーを手に取った。ドゥマがのびをして、ぶるっと体をふるわす。

マシューは、もうかなり気分がよくなっていた。

「おいで、ドゥマ。ジョサイアはどんな料理をつくってくれたかな？」

その夜、マシューはお父さんのさけび声で目をさました。外で馬たちが、すごく興奮《こうふん》していないないている。マシューはあわててベッドから出ると、暗い部屋の中を手さぐりでドアまでいった。廊下《ろうか》の明かりがついている。玄関《げんかん》のドアが大きな音をたててしまり、かんぬきのかかる音がした。まもなくお母さんがかけよってきた。ナイトガウンすがたで、片手《かたて》にピストルを下げている。髪《かみ》をふりみだし、おびえた目をしている。マシューのそばまでくると、恐怖《きょうふ》にせきたてられるように言った。

「窓《まど》をしめきって！　明かりはつけないで。わたしはランスを起こしてくるわ」

しかし、予備の寝室《しんしつ》のドアはもうあいていた。ランスがパジャマすがたで、とまどったようで立っている。

「お父さんはどこ？」マシューは声をはりあげてきいた。

「馬小屋よ！　窓《まど》をしめたら、すぐ書斎《しょさい》へいきなさい！」お母さんはランスといっしょに予備の寝室《しんしつ》に入っていった。

マシューはものすごくどきどきしながら、よろよろと自分の部屋の窓《まど》へ向かった。何者かが見張りを殺し、フェンスをやぶり、馬小屋に侵入《しんにゅう》して馬をおそっているんだ……そしてお父さんはたったひとりで敵に立ちむかっているらしい。侵入者《しんにゅうしゃ》が家の中にまで入ってきたら、こちらにはお母さんのピストルしか武器がない。お母さんが金庫の鍵《かぎ》を持っていれば、ぼくのレッドライダーを出せるんだけど……。マシューは窓枠《まどわく》の下にかがんで、手を上にのばし、カーテンのむこうに入れると、手さぐりで窓《まど》のハンドルを見つけ、ひっぱって窓《まど》をしめた。

そのとき、鼻の中が少しひりひりした。何かが燃えている。目をあげると、カーテンのすきまから夜空が少しだけ見えた。色がおかしい。どきどきしながら立ちあがり、カーテンと窓《まど》のあいだに顔を入れて、外をよく見た。右手のほうの空が、奇妙《きみょう》なことにオレンジ色にぼやけて見える。

馬小屋の方角だ。

お母さんに言われたことを無視《むし》して、マシューはだれもいない階段《かいだん》をかけおり、居間に向かった。ベランダに出られる大きな窓《まど》からなら、馬小屋とトウモロコシ畑が見えるはずだ。マシューは居間のドアを勢いよく開けた。窓《まど》にたどり着かないうちから、カーテンのむこうが異常《いじょう》に明るいのがわかった。馬たちのいななきがますます大きくなっている。カーテンのはしをめくると、まっ赤な炎《ほのお》が馬小屋の上にあがっているのが見えた。煙《けむり》がもくもくと空にのぼっていく。ありがたいことに、風向きのせいで火は家とは別のほうに広がっている。すでに、トウモロコシ畑は目のとどくかぎり火の海だ。

マシューは祈《いの》るような思いで、不気味な光に照らされた庭のほうを見た。あちこちにかげが落ちているが、侵入者《しんにゅうしゃ》がいる気配はない。お父さんはどこにいるんだ？　その問いが頭に何度も何度もひびく。

やがて、馬小屋のほうからお父さんの雄馬《おうま》が庭にかけこんできた。つづいて四頭の馬が、火におびえ興奮《こうふん》しながら小屋を出てきた。葦毛《あしげ》の雌馬《めうま》と栗毛《くりげ》の雌馬《めうま》もいる。とつぜん、お父さんの雄《お》馬《うま》がものすごい勢いで走りだし、マシューのいる窓《まど》の前をかけぬけて、家の正面にまわり、見えなくなった。門から外に出ようとしているのか？

ようやく、お父さんが馬小屋から出てきた。炎《ほのお》を背《せ》にして、黒いかげのように見える。リボルバーをかまえ、左右をすばやく見わたすと、やはり門のほうへ走っていった。見張りに助けを求めるのだろうか？　お父さんが走り去ったあとには、ブーゲンビリアのしげみが炎《ほのお》をあげて燃えている。馬小屋もトウモロコシ畑も、そのあいだの細長い空き地にあるかくれ家も、朝までにはすっかり燃えてしまうだろう。まるで、戦争を描《えが》いたコミックか……悪夢の一場面みたいだ。マシューは自分の腕《うで》をつねってみた。痛《いた》い。これは悪夢じゃなく、現実なんだ。現実といえば、自分が、水さしを持ってかくれ家にもどって火を完全に消すことを忘《わす》れたのも、現実だ。マシューはぼうっと火を見つめた。恐怖《きょうふ》で体が動かない。

「書斎《しょさい》へいきなさいって言ったでしょ！」お母さんの声に、マシューははっとした。お母さんがランスといっしょに居間に入ってくる。

「お父さんが馬たちを助けだしたよ！」そう言ったものの、ほとんど泣き声になっていた。

ランスが横をすっと通り、カーテンのすきまから外をのぞいた。

「うわっ！」ランスの顔は、お父さんの雄馬《おうま》と同じくらい青白い。

「ふたりとも、窓《まど》からはなれて――」

お母さんの言葉は、玄関《げんかん》のドアをたたく大きな音にさえぎられた。外からお父さんの声が聞こえ、三人とも玄関《げんかん》に急いだ。お母さんがかんぬきをはずす。

お父さんがせきこみながら中に入ってきた。すすと灰《はい》で顔が黒ずんでいる。

「大変！」お母さんが息を飲む。

「犯人のすがたは見たの？」

「いや、きっともう遠くへにげたさ！　トウモロコシ畑を燃やされたのも腹《はら》が立つが、馬まで燃やそうとするとは……あまりに卑劣《ひれつ》だ！」お父さんは怒《いか》りをたぎらせている。

マシューは後ずさりして、壁《かべ》に背《せ》をもたせかけた。一方、ランスはお父さんに近づいて話しかけた。

「マウマウのしわざですよね、グレイソンさん？」

「ほかにだれがこんなことをする？」と、お父さん。

「うちのお父さんに電話したほうがいいと思います」

16　とじこめられて

ムゴは父さんに肩《かた》をゆさぶられて目をさました。起きていっしょにこいと言う。こんな真夜中に？　とっさに、あのドレッドヘアの男が外で待っているにちがいない、とムゴは思った。勇敢《ゆうかん》にふるまえますように、そして、これは死んだイッチマエドリと目が合ったせいで起こった災難《さいなん》じゃありませんように、と声に出さずに祈《いの》りながら、ムゴは父さんにつづいて玄関《げんかん》の扉《とびら》を出た。半月がキリニャガのはるか上に光っているのが見えると、今度は、ギタウが無事でいますように、とすばやく祈《いの》らずにいられなかった。今ではムゴは、キリニャガを見あげるたび、森の奥《おく》にいるだろう兄さんのことを考える。いつか、「土地と自由《イザカ・ナ・ウィヤジ》」のために戦う誓《ちか》いを立てるとき、ギタウの魂《たましい》はおれとともにいてくれるはずだ。

グレイソン農場の敷地《しきち》はまっ暗で、ムゴの目にはだれのすがたも見えなかった。父さんは、息子を秘密《ひみつ》の集会に連れてこいと命じられたんだろうか？　ところが、少し進んで向きを変え、キリニャガを背《せ》にすると、だんなさま《ブワナ》の家のむこうの夜空が奇妙《きみょう》なオレンジ色に光っているのが見えた。火事だ！

「聞こえるか、ムゴ？　おれの馬たちが……泣きさけんでいるんだ！」

父さんは走りだした。ムゴは、歩幅《ほはば》の広い父さんに一生けんめいついていった。父さんは、動物のことではいつだって勘《かん》が働くのだ。風向きのおかげで火事の煙《けむり》は遠くへ飛ばされていくが、それでもフェンスに近づくにつれ、何かが燃えるにおいがして、さけび声もかすかに聞こえてきた。フェンスが古いままだったら、下をくぐり、果樹園《かじゅえん》をつっきってまっすぐ馬小屋へいけただろう。だけど今は、フェンスの外側をぐるりとまわって門までいくしかない。一歩進むごとに、おびえた馬たちのいななきが大きくなる。やはり、イッチマエドリを殺したせいで災いが起きたのか？

フェンスにそって曲がり、だんなさま《ブワナ》の家の正面に近づいたとき、父さんがムゴの肩《かた》をつかんだ。ゆくての黒々とした木立のむこうに、火が燃えあがり、煙《けむり》が立ちのぼっている。トウモロコシ畑が一面、火の海だ。父さんがムゴの肩《かた》に置いた手に力をこめ、走るのをやめさせた。門のところにいるトゥルカナ人の見張りたちに、侵入者《しんにゅうしゃ》だと思われるとまずいからだ。

ムゴは父さんとならんで歩いた。走ったおかげで体はほてっているが、なぜか体の内側がつめたく感じられる。馬小屋は家の後ろにあるので、見えないが、馬たちのいななく声はいぜんとして大きくひびき、火がごうごうと燃える音、パチパチはじける音もする。布をまとった見張りのすがたが見えてくると、父さんは足を止め、大きな声で呼《よ》びかけた。

「おれはカマウ、だんなさま《ブワナ》の馬の世話をしているんだが――」父さんは両腕《りょううで》を広げ、武器を持っていないことをしめした。

「動くな！　両手をあげろ！」

ムゴは父さんよりもすばやく両手をあげた。今聞こえたのは、まえにムゴがおしゃべりしたトゥルカナ人の見張りの声だ。

「いっしょにいるのはだれだ？」

「息子だ。だんなさま《ブワナ》のキッチンで下働きをしている」

「なんの用だ、ムゼー？」見張りの口調がいくらかやわらかくなった。

「だんなさま《ブワナ》の馬たちを出してやらないと！　中に入れてくれ。おれが馬をはなす！」

「ムゼー、あんたを入れるわけにはいかない。だんなさま《ブワナ》の命令だ」

「なら、だんなさま《ブワナ》を呼《よ》んでくれ！　眠《ねむ》っていらっしゃるあいだに馬たちが死んでしまう！」

「だんなさま《ブワナ》はもう知っている。馬小屋にいる」

「では、カマウがきたとだんなさま《ブワナ》に伝えてくれ。手伝いにきたと！」

「それはむりだ、ムゼー。だんなさま《ブワナ》から、つねにふたりで門を見張るようにいわれている。絶対に門をはなれるなと」

父さんは顔の汗《あせ》をぬぐった。言い争ってもむだなのは、ムゴにもわかった。見張りたちが、命令にそむくような危険《きけん》をおかすはずがない。ところが、父さんがもどろうとムゴに合図したとき、だんなさま《ブワナ》の雄馬《おうま》がものすごい勢いで、庭から門のほうへ走ってきた。白い毛は汗《あせ》にぬれ、灰《はい》をかぶって黒ずんでいる。鼻を鳴らし、ぶるぶるふるえ、目をむいて、鼻の穴《あな》を広げている。だんなさま《ブワナ》のトラックが車寄せに停めてあるのが目に入っておらず、ぎりぎりで気づいて、両方の前足で宙《ちゅう》をけり、ぶつからずにすんだ。

「ジャファリ！」父さんが門のほうに向かい、やさしく馬の名前を呼《よ》ぶ。「ジャファリ……ジャファリ！」父さんが呼《よ》びつづけると、馬はしだいにおとなしくなり、前足を地面におろした。父さんはなおもやさしく、安心させるように話しかける。見張りはふたりともだまっていた。ムゴは目をみはった。あの馬は父さんが言うことをちゃんとわかってるみたいだ……。馬と父さんのようすにひきこまれて、だんなさま《ブワナ》が近づいてきたのに気づかなかった。

「カマウか？　ムゴもいるのか？　ここで何をしている？」だんなさま《ブワナ》が疑《うたぐ》るように言った。

ムゴが目をあげると、リボルバーの銃口《じゅうこう》が向けられていた。ほんの数時間まえ、警部補《けいぶほ》の息子に銃《じゅう》でおどされたけど……今度はだんなさま《ブワナ》が！

父さんがすかさず答える。「馬たちがいなないていたので、助けようと思ってきました。ところが、中には入れられないと見張りに言われまして」

「なぜ火事だとわかった？　おまえの家からは遠くて見えないはずだ」だんなさま《ブワナ》の目の白い部分が、いつもとちがう黒ずんだ顔にうかびあがって見える。だんなさま《ブワナ》の顔も、言葉と同じくらい疑《うたが》いに満ちていた。

「ですが、だんなさま《ブワナ》、空の色を見れば火事だとわかります」

庭のほうから、はげしいいななきが聞こえた。

「どうか入れてください、だんなさま《ブワナ》。馬たちをみな、落ち着かせます」

しかし、だんなさま《ブワナ》は首を横にふった。「いや、馬たちは自然に落ち着く」

「なら、火を消すのを手伝います」

「その必要はない！　燃えつきれば、じきに消える」だんなさま《ブワナ》の口調はぞんざいだった。「朝になったら会おう。いけ！」

ムゴは、怒《いか》りのあまり、のどがふさがり、胃がむかつくのを感じながら、はずかしめを受けた父さんのあとについてその場を去った。家に着くまで、ふたりとも何もいわなかった。

家では、母さんがふたりを心配して、起きて待っていた。母さんも、空がオレンジ色に光っているのを見ていた。父さんは母さんに、火事で馬小屋が焼け落ちたが馬たちは無事だった、手はたりているとだんなさま《ブワナ》に言われた、とだけ話した。だんなさま《ブワナ》が自分たちに銃《じゅう》を向けたことについては、ひとことも話さなかった。

そのあと、ムゴはなかなか寝《ね》つけなかった。頭の中ではげしい戦いがつづいているようだった。ギタウは、だんなさま《ブワナ》のトウモロコシがだめになったと聞いたら、喜ぶだろう。もし、馬たちが生きたまま焼かれていたとしても、ギタウは、だんなさま《ブワナ》を痛《いた》めつけるにはよかったと言うかもしれない。グレイソンは使用人よりも馬のほうを大切にしていたからな、と。ギタウの声が聞こえてくるようだ。「白人は、おれたちが苦しんでいたって気にもとめない。あいつらにとって、おれたちは虫けら同然なんだ。父さんはばかだ。銃《じゅう》をつきつけられてもだんなさま《ブワナ》に手を貸そうとしたなんて！」

だけど、馬たちの鳴き声は痛々《いたいた》しかった。ムゴには、父さんが手を貸したいと言った気持ちがわかった。ンガイが創造《そうぞう》したどんな動物も、あんなふうに苦しんでいいわけがない。

日の出まえ、警察《けいさつ》がやってきた。ムゴが制服の白いチュニックに着かえて、家を出ようと扉《とびら》をあけたとき、丈《たけ》の高い赤の帽子《ぼうし》を頭にのせた警官《けいかん》たちが木々のあいだをやってくるのが見えた。父さんに大声で知らせたが、顔を洗《あら》っていた父さんは目もあげなかった。警官《けいかん》がくることを予想していたみたいだ。黒人の警官《けいかん》が六人。いずれも警棒《けいぼう》をたずさえ、ふたりはライフル銃《じゅう》も持っている。警官《けいかん》たちは、父さんとムゴについてくるように言った。父さんはしたがおうとしたが、警《けい》官《かん》が母さんにもくるようにと言うと、小さい子どもたちがいるのでむりです、と言いかえした。だが、ライフル銃《じゅう》を持った赤帽子《ぼうし》が、これは命令だとそっけなく言った。白人の警部補《けいぶほ》がグレイソン家で待っているから、三人ともすぐにこい、もし母親が小さい子どもたちを置いていけないというなら、連れていくしかない、と。ムゴの幼《おさな》い弟は不安そうに親指をしゃぶり、妹は大声で泣きだした。ムゴが抱《だ》きあげると、妹はしがみついてきた。ムゴは妹を抱《だ》いていると心が落ち着いたが、それもわずかなあいだで、母さんにわたさなければならなかった。ムゴと父さんは先にいけとせきたてられ、歩かされた。ふたりの両側に赤帽子《ぼうし》がひとりずつつき、後ろから銃《じゅう》を持った赤帽子《ぼうし》がふたり、ついてくる。母さんに声をかける間もなかった。

キリニャガはもやにつつまれていた。ゆくてのムグモの木のむこうからさけび声があがり、ムゼー・ジョサイアの家のバナナのしげみのあいだに、ちらっと赤いものが見えた。警官《けいかん》はほかにもいるらしい。ムゼー・ジョサイアとママ・マーシーもつかまったのなら、あの火事のことで使用人全員が尋問《じんもん》されるにちがいない。だが、父さんの表情からも、だんなさま《ブワナ》が銃《じゅう》を向けてきたことからも、父さんと自分がいちばんきびしく尋問《じんもん》されそうだとわかっていた。

だんなさま《ブワナ》の家へ連れていかれるとちゅうで、フェンスの外の、数時間まえに父さんがジャファリをなだめた場所を通った。大きなトラックが二台、フェンスの外に停まっていて、それぞれの荷台に特大の金網《かなあみ》の檻《おり》がのっている。前夜の火事のにおいに、胸《むね》がむかむかした。トウモロコシ畑には、黒こげの茎《くき》がならんでいるばかりだ。そして、きのうまで馬小屋があった場所は、やけこげた木材と灰《はい》の山と化している。

トゥルカナ人の見張りが門をあけ、ムゴと父さんは玄関につづく道を歩いていった。ムゴは、見張りのふたりのほうを見なかった。後部座席《ざせき》の四方が鉄格子でかこまれているジープを見ていた。ジープのわきにスミザーズ警部補《けいぶほ》が立っていて、その横にだんなさま《ブワナ》がいる。きのうの夜、だんなさま《ブワナ》の顔はすすで黒くよごれていたが、今はきれいになっている。きっと、頭からつま先までよく洗《あら》ったんだろう。マシューと警部補《けいぶほ》の息子が、おくさま《メムサヒブ》といっしょにベランダに立っている。ここにいる白人たちはみな、おれたちを待っていたらしい。

「これが、昨夜見かけたというふたりですね」スミザーズ警部補《けいぶほ》がだんなさま《ブワナ》にたずね、指で父さんを、それからムゴをさした。

「そうです。カマウは昔からうちの馬小屋で働いていて、ここ何年もわたしの馬の世話をしていました」だんなさま《ブワナ》は父さんのほうを見ないで、言った。「谷で車が動かなくなったときにも、わたしたちといっしょにいました」

「そしてこれが、あの朝、あなたがわたしの家によこした少年ですね？」

「はい、カマウの息子のムゴ、次男です」

次男。ムゴはあらためてぎくりとした。この人たちはギタウのことを何か知ってるんだろうか。

「徹底的《てっていてき》に調べます。必ず真実をつきとめますから、ご安心ください」スミザーズ警部補《けいぶほ》はそう言うと、赤帽子《ぼうし》たちに、父さんとムゴをジープにのせるよう合図した。

だんなさま《ブワナ》がようやく父さんとムゴを見て、言った。

「警部補《けいぶほ》が、きみたちふたりは火事とは無関係だとつきとめてくれるよう、願っている」だんなさま《ブワナ》がふたりから顔をそむけると、赤帽子《ぼうし》たちがふたりを乱暴《らんぼう》にジープの鉄格子つきの後部座席《ざせき》に押《お》しこんだ。

ムゴは、だんなさま《ブワナ》に向かってさけびたい気がした。よりによって父さんが馬小屋に火をつけるなんてありえないと、わからせたかった。だけど、さけんだってむだに決まっている。父さんがだまりこんでいるので、ムゴは恐《おそ》ろしくてたまらなくなった。

スミザーズ警部補《けいぶほ》はジープの運転席に乗りこむと、車をベランダのほうへバックさせた。警部《けいぶ》補《ほ》の息子が笑ってマシューをひじでつくのが、鉄格子のあいだから見えた。あの子がイッチマエドリを殺したあと、「二度とぼくに指図するな！」と言ったことを思い出す。一方、マシューはうつむいたまま、ジープのエンジンの回転数があがるまで、ムゴのほうを見ようとしなかった。そのあと一瞬《いっしゅん》、ふたりの目が合った。ほぼ同時にジープが動きだし、ムゴは金属の座席《ざせき》のはしをつかんだ。ジープは門を出て、舗装《ほそう》されていない道に出た。これから、焼けたトウモロコシ畑の横を通りすぎ、本道に出るのだ。赤帽子《ぼうし》たちがほかの使用人たちを、トラックにつんだ金網《かなあみ》の檻《おり》に入れようとしているのが見えた。白人の警官《けいかん》がふたり、立ってそれを見守っている。母さんのすがたもちらりと見えた。弟と妹を連れている。何か言葉をかけようと口をひらいたが、声が出てこなかった。心も体もからっぽな感じがした。

17 「永遠に無視《むし》する」

ランスが耳元で何か言っているのはわかったが、マシューには聞こえていなかった。頭の中では、さまざまな場面が入りまじり、うずまいていた。何もかもがあっという間に起こる悪夢を見ているようだ。

ムゴとカマウは鉄格子つきのジープにのせられ、焼けたトウモロコシ畑のむこうへ運ばれていった。ムゴの目が刺《さ》すようにマシューを見ていた。今、警官《けいかん》たちは「急《ハ》げ《ラカ》！　急《ハ》げ《ラカ》！」とどなって、マシューのよく知っている人たちを警棒《けいぼう》やライフルの銃床《じゅうしょう》でたたきながら、トラックにむりやりのせている。子どもたちはこわがって泣きさけんでいる。みんな、責めるような目で、ベランダに立つ「ぼっちゃん」を――この自分を見ている。マシューはその場を立ち去ることもできたが、見ていなければいけない気がした。マーシーとジョサイアのすがたが見えた。ふたりの目はこう言っていた。「ああ、ぼっちゃん、どうしてわたしたちにこんな仕打ちができるのです？」

ふいに、たえられなくなった。マシューは力がぬけ、足がふらつき、ベランダの手すりをつかんだ。

「中に入りなさい、マシュー。こんなこと、ぜんぶ見なくてもいいのよ」お母さんの声は遠くに聞こえたが、その腕《うで》はしっかりマシューの肩《かた》を抱《だ》いていた。「ランス、手を貸してくれる?」

「はい、グレイソンさん。マシューにはすごくショックだろうと思います」

お母さんとランスに両側から支えられて、マシューは自分の部屋にもどった。

ベッドに横たわると、お母さんが言った。「少し眠《ねむ》れば気分がよくなるわ。ランスも横になったら? ふたりとも、ゆうべはあまり眠《ねむ》れなかったでしょう」

「ぼくはだいじょうぶです、グレイソンさん。このあとどうなるか見ておいて、あとからマシューに話してあげたいんです」ランスはあいかわらず自信たっぷりだ。

ふたりが部屋を出ていくまえから、マシューは目をとじていた。しばらくは何も見たくないし、何も考えたくない。ぼくがちょっとうっかりしたせいで、とんでもないことになってしまった。だけど、お父さんに真実を話すことを考えると、こわくて身がすくんでしまう。ひと眠《ねむ》りして目がさめたら、話せるかも……。

眠《ねむ》りに落ちる寸前《すんぜん》、ランスがまた部屋にきて、マシューはゆり起こされた。

「パパがもどってきた! つかまえた連中の取り調べを始めたら、ぼくをむかえにくるひまはなくなるから、って。だからいっしょに帰る。次に会うのは、休みのあとだよな?」

マシューは体を起こし、まくらに片《かた》ひじをついて、なんとかうなずいた。ランスが身をかがめ、顔を近づけてくる。眼球の青い部分が広がり、瞳孔《どうこう》が銃《じゅう》の照準をしぼるみたいに小さくなった。

「秘密《ひみつ》をもらしたら、永遠に無視《むし》するからな」

18　言葉を失って

ムゴはコンクリートの床《ゆか》にひざをつき、両手で耳をふさいだ。父さんのものすごく苦しそうな声に、体がひきさかれそうだ。うめき声、うなり声、悲鳴……。人間がこんなに苦しそうな声を出すのを、はじめてきいた。

ムゴ自身はたったひとり、うす暗い小さな部屋にいる。窓《まど》はなく、空気はくさったようなにおいがする。父さんはとなりの部屋に入れられていた。スミザーズ警部補《けいぶほ》と部下たちが、わざとそうしたのだ。やつらはムゴに聞かせたがっている。自分たちはどんなことでもできるのだと、わからせたがっている。汗《あせ》ばんだ手をどんなにきつく耳にあてても、父さんのうめき声が聞こえてきて……大きくなり、小さくなり、また大きく、小さくなる。

やつらがムゴのところにやってきた。スミザーズ警部補《けいぶほ》のどの質問にも、ムゴは答えられない。

「おまえのだんなさまの馬小屋《ブワナ》に火をつけたのはだれだ？」

「おまえの兄はどこにいる？」

「おまえはいつ、誓《ちか》いを立てた？」

「誓《ちか》いを立てさせたのは、おまえの兄か？」

「どこで兄に食べ物をわたしている？」

知りません、誓《ちか》いを立ててはいません、食べ物をわたしたりしていませんと答えるたび、赤帽《ぼう》子《し》の警官《けいかん》に頭をつかまれ、氷のようにつめたい水の入ったバケツに顔を押《お》しこまれる。一回ごとに、顔を水にしずめられている時間が長くなる。首の後ろをおさえつけられる。だれかの手がムゴの頭を水からひきあげては、また水にしずめる。そのたびにムゴはむせ、必死に息を吸《す》いこみ、そしてまた息ができず死にそうになる。

19　告白はしたけれど

「……永遠に無視《むし》するからな」というランスのおどし文句が、マシューの頭の中にくりかえしひびいた。ランスは本気だ。マシューがひとことでも、ランスをめんどうに巻《ま》きこむようなことを言ったら、学校で無視《むし》されるだけではすまないだろう。ランスはきっと、マシューが言ったことを否定《ひてい》する。たとえば、こんなふうに言うかもしれない。「たき火をするって言いだしたのはマシューなのに、ぼくに責任をかぶせようとしてる！　ぼくはたき火なんてしないほうがいいって言ったのに……マシューがどうしてもやるって言いはって、あぶないって止めても聞いてくれなかったんだ」。ランスの言うこととぼくの言うことが食いちがったら、きっとみんなランスのほうを信じる。ランスはいつだって堂々としているから。

マシューはもう眠《ねむ》ることもできず、部屋からろうかに出た。こげくさいにおいが立ちこめている。家は、みょうにがらんとしていた。ママ・マーシーがベッドを整えたり、ちりをはらったりしているすがたはない。キッチンで賛美歌をハミングするジョサイアのすがたもない。ベランダをほうきではいているムゴのすがたもない。

書斎《しょさい》のドアが少しだけあいていて、お父さんが電話で話している声が聞こえてきた。

「だから言っているでしょう。使用人がひとりもいないんです。トゥルカナ人の見張りしか……いや、あのふたりは使えません。見張りですから！　新たな使用人が今すぐ必要で……スミザーズさんが、使用人を全員クビにしろと言うんです……だれにたのめばいいですか？」

マシューはいっそう不安になった。けさ、お父さんはけわしい顔つきで、スミザーズ警部補《けいぶほ》の言うことをだまって聞いていた。「こうなった以上、きみはもうどの使用人も信用できない。よくわかっただろう、ジャック？」

数か月まえ、クラブハウスで、お父さんがランスのお父さんと議論《ぎろん》していたのをマシューはおぼえている。だけど今、お父さんはスミザーズ警部補《けいぶほ》の言葉をうのみにして、マウマウかどうかもわからないうちに使用人をぜんぶ入れかえようとしている！　ムゴやカマウやほかのみんなが、あれほど怒《いか》りに燃え、悲しんでいたのもむりはない。みんな、自分たちは無実だと言いたかったんだ！　ぼくは今、書斎《しょさい》にいって、お父さんに真実を話すべきじゃないか？　すごくはずかしいだろうし、お父さんはものすごく怒《おこ》るだろう。だけど、正直でいたいなら、そうするべきじゃないか？

「何をしているの、マシュー？　眠《ねむ》ってるとばかり思っていたのに！」お母さんに後ろから声をかけられて、マシューはびくっとした。「起きているなら、キッチンで野菜の下ごしらえを手伝ってちょうだい」お母さんは、マシューがお父さんの電話を立ち聞きしていたことについては、何も言わなかった。

お母さんといっしょにキッチンへ向かいながら、マシューはやることができてほっとしていた。これで、すぐに決心しなくてもすむ。キッチンでは、豆のすじを取ったり、ジャガイモやニンジンを洗《あら》って皮をむいたりする仕事が待っていた。ムゴがやっているのを見ると簡単《かんたん》そうだったが、やってみるとそうでもなかった。お母さんでさえ、皮むき器の使い方をやってみせてくれたとき、手つきが少しぎこちなかった。マシューもお母さんも、ジョサイアやムゴのことは話さなかった。それでもマシューは、どんなに作業に集中しようとしても、スミザーズ警部補《けいぶほ》がつくったという、あの鉄条網《てつじょうもう》でかこわれた場所のことを思い出してしまうのだった。お母さんもお父さんも、あの場所のことを知っているんだろうか？　マシューには、たずねる勇気がなかった。

少しして、お父さんに呼《よ》ばれ、車のところへいった。お父さんは酪農場《らくのうじょう》へいくところで、お母さんとマシューにも午前の搾乳《さくにゅう》を手伝ってほしいと言うのだ。マウマウの問題が起こるまえだったら、三人は歩いて、コショウボクの木立をぬけて酪農場《らくのうじょう》へいっただろう。でも最近は、どんなに短い距離《きょり》でも、お父さんは車を使う。三人の乗った車は、とちゅう、使用人の居住区の前を通った。ふだんなら、使用人が畑で働いている時間帯でも、このあたりではだれかしら見かけるものだ。女の人がひとりかふたり、洗《せん》たくをしていたり、おなかのぷっくりした幼《おさな》い子どもが数人、ほとんどはだかで、立ちならぶ木造の家のあいだで遊んでいたりする。だけどきょうは、気味が悪いほどしんとしていた。やせて毛のぬけた犬が二匹《ひき》、頭をもたげ、車に向かってほえただけだ。二匹《ひき》とも腹《はら》をすかせ、えさを求めてさまよっているようだった。

トゥルカナ人の見張りが敬礼《けいれい》して門をあけ、車は酪農場《らくのうじょう》に入った。お父さんが柵囲いの横に車を停める。囲いの中では雌牛《めうし》たちが落ち着かないようすで、搾乳《さくにゅう》小屋へ連れていってもらうのを待っていた。酪農場《らくのうじょう》係だったワマイのすがたはない。トラックにのせられるところをマシューは見ていないが、背《せ》が低く、腰《こし》もまがっているワマイは、大勢の使用人の中に簡単《かんたん》にうもれてしまっただろう。

「ものすごく時間がかかりそうね!」お母さんがため息をつきながら、車をおりた。お父さんはずんずん歩きだしていて、聞いていない。「搾乳《さくにゅう》をしたのなんてずいぶん昔のことで、それも遊び半分だったのよ」お母さんがそう言いながら、右手をピストルの入っている腰《こし》のホルスターにかけていることに、マシューは気づいた。

搾乳《さくにゅう》小屋に入ると、お父さんがマシューとお母さんに乳《ちち》しぼりの道具の説明をした。雌牛《めうし》の乳房《ちぶさ》と乳首《ちくび》を洗《あら》うためのバケツと布、乳《ちち》をしぼって入れるバケツ、新鮮《しんせん》な牛乳《ぎゅうにゅう》を入れてひやしておくための缶《かん》。

お父さんは言った。「まず、わたしがやるのをよく見なさい。うまくしぼれなくて牛がいらいらすると、牛乳《ぎゅうにゅう》がまずくなってしまうからな」

「お母さんに教えてあげて。ぼくはやり方を知ってる。ムゴといっしょにやったことがあるから」ムゴの名前を口にした瞬間《しゅんかん》、マシューはしまったと思った。そして、お父さんが何か言うまえに、その場をはなれ、最初に乳《ちち》をしぼる雌牛《めうし》を選ぶことにした。小屋のすみで、ひとり静かに作業をしたかった。

マシューは雌牛《めうし》に話しかけた。ムゴといっしょにワマイを手伝ったとき、ムゴがそうしていたのだ。ワマイは雌牛《めうし》の一頭一頭にキクユ語の名前をつけていた。「早く生まれた子」「脚《あし》のまがった子」というように。だけど、ワマイがいないと、自分が今選んだ牛がなんという名前か、マシューにはわからなかった。それでも、頭の中でムゴの声が、どうすればいいか教えてくれた。「雌牛《めうし》にはやさしく。いい子だ、って言ってやるんです。乳首《ちくび》はこんなふうにひっぱって。最初は二本指で、それからぜんぶの指で……ほら、しぼれた！」マシューは雌牛《めうし》の横腹《よこばら》に顔をよせて、腹《はら》が低くゴロゴロと鳴るのに耳をかたむけた。乳《ちち》を入れるバケツに片足《かたあし》をあてて、もし牛がびくっとしてバケツをけってもひっくりかえらないようにした。

ゆっくりと、一定のリズムで乳《ちち》をしぼるように気をつけ、お父さんとお母さんが悪戦苦闘《あくせんくとう》しているようすに気を取られないようにした。お父さんでさえ、マシューほどうまくしぼれてはいないようだ。一頭一頭の牛に話しかけながら乳《ちち》をしぼっているうちに、マシューは気持ちが落ち着いてくるのがわかった。ムゴと搾乳《さくにゅう》小屋でいっしょにすごしたときのことだけを思い出しているかぎり、ムゴの責めるような目も、「裏切り者《うらぎ》」となじるだれかの声も、頭からしめだしておくことができた。

搾乳《さくにゅう》には二時間以上かかった。お父さんとお母さんが最後の二頭の乳《ちち》をしぼり終えるのを待つあいだ、マシューは外に出て、ぶらぶらと搾乳《さくにゅう》小屋の裏《うら》へいってみた。ふいに、何か小さなものがさっと動いたと思うと、しげみの後ろに消えるのが見えた。あれは子どもの足？　お父さんを呼《よ》ぼうとしたが、ふと、自分で確かめようと思い、そっとしげみに近づいた。すると、高い草の中にしゃがんでいた六、七歳《さい》の男の子が、おびえたようにマシューを見あげた。

「元気かい《ハバリ》？」マシューはたずねたが、男の子は答えない。スワヒリ語がわからないのかな？

「ウェ・ムウェガ？」ムゴから教わったキクユ語で、同じことをきいてみた。男の子が、マシューに見つかってすごくこわがっているようなので、安心させてやりたかったのだ。男の子は、今度は口をあけたけれど、声が出てこない。

「だいじょうぶだよ。いっしょにおいで」マシューは英語と身ぶりで伝えた。男の子はふるえながら、マシューについて搾乳《さくにゅう》小屋に入った。

お父さんはその子をひと目見ると、牧童だ、と言って、キクユ語で話しかけ、ようやく事情を聞きだすことができた。きのうの夕方、その子は牛の群れを連れてもどってきたが、父親にしかられたばかりだったので家に帰るのがこわかった。ワマイにも見つかりたくなかったので、搾《さく》乳《にゅう》小屋の裏《うら》のしげみの中で眠《ねむ》った。朝早く、さわぎが聞こえてきて、何か悪いことが起こったのだとわかった。かくれていた場所から見ていると、警官《けいかん》がワマイを連れ去るのが見えた。トゥルカナ人の見張りもこわかったし、どうしたらいいかわからなかった……。男の子がとぎれとぎれに話すのを、お父さんが英語に訳《やく》してくれた。お母さんは、小屋にあった缶《かん》に牛乳《ぎゅうにゅう》を少しそそいで、男の子にやった。男の子はおなかがすいていたらしく、ごくごく飲んだ。

「この子をどうするの？」お母さんがたずねた。

お父さんは少し考えてから答えた。「スミザーズさんに知らせよう。そのあとは、この子の家族がどうなったかによってちがってくる。しばらくのあいだ、見張りに食事の世話をたのんで、目をくばるように言っておこう。新しい使用人たちがくるまで、この子も搾乳《さくにゅう》ぐらいはできるだろうしな」

お父さんはその子を、門を守っているトゥルカナ人の見張りのところへ連れていった。男の子も見張りたちも、お父さんが決めたことに不満そうではあったけれど、したがった。

昼食のあと、マシューはお父さんを手伝って、納屋《なや》のひとつをかたづけ、一時しのぎの馬小屋として使えるようにした。馬たちはきげんが悪く、ぴりぴりしていた。マシューはお父さんが苦労して馬たちをなだめている声を聞きながら、カマウだったらどんなふうになだめるだろうと考えずにいられなかった。白い雄馬《おうま》のジャファリはもとから気むずかしかったが、カマウが低い声を少しふるわせながら名前を呼《よ》ぶと、耳をぴんと立て、黒い目はしだいにおだやかになった。カマウはいつも、キクユ語で馬たちに話しかけていた。馬たちはキクユ語の長い話を聞くのが大好きなんだと、カマウがマシューに言ったことがある。そのとき、カマウの目が笑っていたので、マシューも笑った。本当に、カマウの話はいつだっておもしろかった……。思い出しているうちに、マシューはふいに泣きだし、わらの山につっぷした。

「なんだ、マシュー？　どうしたっていうんだ？」父さんの声がしだいに大きくなった。「気が動転しているのはみんな同じなんだよ、マシュー。だが、なんとかやっていくしかないんだ」

父さんの手が、マシューの頭をさっとなでた。けれども、マシューはますますはげしく泣きじゃくった。

「お父さん——は——わかってない！　ぜんぶ——ぼくの——せいなんだ！」

「ああ、わからないね！」お父さんは疲《つか》れ、いらだっているようだった。後ろでジャファリが鼻息を荒《あら》くしている。「おまえのせいで、また馬が落ち着きをなくしているじゃないか。家にもどりなさい。話したいことがあるなら、あとで聞く」

マシューはふらふらと立ちあがり、服についたわらをはらおうともしないで、涙《なみだ》で目がかすんだまま、納屋《なや》を飛びだした。自分は何もかもをめちゃくちゃにして、だれもかれもを怒《おこ》らせてしまった……。

それからしばらくして、お父さんの書斎《しょさい》で、マシューはお父さんにきかれるまま、本当のことを話した。お父さんは机《つくえ》にもたれて立ち、お母さんはその横のアームチェアに腰《こし》かけていた。ふたりとも、マシューが堰《せき》を切ったようにしゃべるのをだまって聞いていた。マシューはお父さんとお母さんの顔を見ることができなかった。お母さんの顔は苦痛《くつう》にゆがみ、お父さんの顔ははげしい怒《いか》りに燃えているだろう……。ところが、お父さんがようやく口をひらいたとき、その声はひややかで、マシューはつきはなされたように感じた。

「もう手遅《ておく》れだ、マシュー。馬小屋も畑も燃えてしまった。おまえは農場に損害をあたえ、わたしは使用人を失った」

「だけど、ランスのお父さんに話さないと！　ムゴとカマウが火をつけたんじゃない、って。ふたりは無実なんだから！」

「スミザーズ警部補《けいぶほ》は、そうは思っていない」

マシューは眉《まゆ》をひそめた。お父さんの言っている意味がわからない。

「カマウは、長男のギタウが今学期学校にもどっていないことを、わたしにだまっていた。ひとことも言わなかった」お父さんがむっとした口調で言った。

「ギタウは山に入ってマウマウの小隊にくわわったんだろうって、ランスのお父様は考えていらっしゃるのよ」お母さんが言って、深いため息をついた。

「そんなこと、なんでわかるの？」マシューの声が大きくなる。

「ホームガードからの情報だ」お父さんがそっけなく言った。

お母さんが説明する。「ホームガードが、山の中でギタウを見かけたらしいの。それで、ギタウはきっとふもとにおりてきて、家族から食料をもらっているんだろう、って。スミザーズ警部《けいぶ》補《ほ》がおっしゃるには、カマウもほかの人たちも、協力してマウマウに食料をわたしている、ムゴもキッチンから食料をくすねていたかもしれない、って」

マシューは何も言えず、お母さんを見つめた。シャツの襟《えり》のところをさわっていたお母さんの右手が、すっと腰《こし》までおりて、ピストルのホルスターの上で止まった。なんてばかげた話だろう。ムゴがキッチンから何か持ちだそうとしたら、ジョサイアに見つかるにきまってるじゃないか。

「だからね、マシュー、どちらにしても、スミザーズ警部《けいぶ》補《ほ》はあの人たちをつかまえにきたはずなのよ」お母さんが、この話はこれでおしまい、という調子で言った。

お父さんも、机《つくえ》を指でいらいらとたたきながら言う。「スミザーズの言うとおりだった。わたしは使用人を信用しすぎたんだ！　スミザーズ警部《けいぶ》補《ほ》によると、使用人は全員、誓《ちか》いを立てていたらしい。ひとり残らずだ！」

マシューは頭痛《ずつう》がしてきた。良心にしたがって、お父さんに本当のことを話した。なのにお父さんは、どちらにしてもムゴとカマウは罪を犯したのだと言っている。忠実《ちゅうじつ》なカマウのことを、お父さんはほかのどの使用人よりも信頼《しんらい》していたのに……。それにムゴは、いつだってぼくを気づかって……めんどうを見てくれた。きのうだって、災いがふりかからないよう、助けてくれようとしたのに！　もう、わけがわからない。

マシューは自分の部屋ににげこみたかったが、お母さんに、まだやるべき仕事があるでしょうと言われた。雌牛《めうし》たちが、午後の搾乳《さくにゅう》を待っているのだ。これ以上遅《おそ》くなると、搾乳《さくにゅう》を終えないうちに日が暮《く》れてしまう。日がしずんだら家にこもり、戸じまりを厳重《げんじゅう》にしておかなければならないというのに。

20　悲しみと怒《いか》り

次に気がついたとき、ムゴはかたいコンクリートの床《ゆか》の上でふるえていた。どのくらいのあいだ、そこにいたのかもわからない。一時間か、一日か……あるいはもっと長く？　目をあげると、赤帽子《ぼうし》の警官《けいかん》がすぐそばに立って、ムゴを見おろしていた。

「立て！　おまえは運がいい。警部補《けいぶほ》が釈放《しゃくほう》してくださるそうだ」

ムゴは相手の言っている意味がわからず、じっとしていた。赤帽子《ぼうし》が「急《ハラ》げ！　急《ハラ》げ！」と、どなり、けりつけてくる。ムゴはやっとのことで床《ゆか》から立ちあがった。

「父さんもいっしょですか？」

「ばかを言うな。父親には会えん。この先ずっとだ」

「父さんはどこへいくんですか？」ムゴはさけんだ。

「収容所《しゅうようじょ》だ」

「収容所《しゅうようじょ》？」ムゴはぞっとしてつぶやいた。収容所《しゅうようじょ》なんて、監獄《かんごく》と同じじゃないか！　食べ物もあたえられず、鞭《むち》で打たれ、もっとひどいこともされると聞いている。収容所《しゅうようじょ》へやられて、そのまま消えてしまう人もいるという話だ。

「イギリス軍の兵士の手にかかれば、警部補《けいぶほ》には言わなかったことも洗《あら》いざらい白状するだろうからな」

「でも、父さんはマウマウじゃありません！」

「はっ！　みんな最初はそう言うのさ」赤帽子《ぼうし》は警棒《けいぼう》でムゴをつつき、扉《とびら》のほうへ歩かせた。

　外に出ると、ムゴはまぶしさに目がくらんだ。太陽が、そびえ立つ監視塔《かんしとう》のむこうからおそいかかってくるかのようだ。赤帽子《ぼうし》が警棒《けいぼう》で、監視塔《かんしとう》の下に停まっているトラックをさした。荷台に大勢の人がつめこまれている。

「急げ《ハラカ》！　おまえを待ってるんだぞ」

　ムゴはトラックのほうへかけだそうとしたが、足がふらついてうまく走れない。トラックに近づくと、弟と妹の顔が見えた。ムゴを見おろす顔は、おびえて口をあけた小さなお面のようだ。ふたりのあいだには母さんがいる。ほかにも、グレイソン農場で働いていた人が何人かいた。送りかえされる使用人はこれしかいないのか？　だれかが荷台から腕《うで》をのばして、ムゴがよじのぼるのを助けてくれた。弟と妹がムゴにしがみつき、母さんのほうへひっぱっていく。

「会えてよかった……ンガイに感謝するわ。父さんは？」いつもはしっかりしている母さんの声が、今はかすれている。割《わ》れたつぼから流れでる水のような、たよりない声だ。母さんもすごくこわいんだとわかり、ムゴはうつむいた。父さんが苦しそうにさけんでいたのが聞こえたなんて、母さんにはとても話せない。

「赤帽子《ぼうし》が、父さんは収容所《しゅうようじょ》に連れていかれるって言ってた」

「でも、収容所《しゅうようじょ》に連れていかれる人たちの中にはいないわ」

母さんが見ているほうに目をやると、ムゴがとじこめられていた低い建物の左側の、有刺鉄線《ゆうしてっせん》でかこわれた地面に、男たちが何列もしゃがんでいた。みな、両手を頭にあてている。ムゴは胃がちぢまった。ギタウから、学校で先生が生徒を罰《ばっ》するとき、こういう姿勢《しせい》でしゃがませると聞いたことがある。生徒がバランスをくずしてたおれると、鞭《むち》で打たれるのだそうだ。だけど今、しゃがんだ男たちを取りまいているのは、鞭《むち》を持った教師ではなく、銃《じゅう》を持った見張りだ。あそこにいる人たちは全員、「収容所《しゅうようじょ》」へ送られるんだろうか？　父さんが学校の生徒みたいに罰《ばっ》せられるのは見たくないけど、父さんがどこにいるかわからないのはもっと悪い。

「父さんは何をされたのかしら？　だれもあの人を見ていないのよ」母さんが、心配でたまらないといったようすで両手をもみ合わせる。

ムゴは周囲を見まわした。トラックに乗せられているのは、ほとんどが女の人と子どもで、老人も数人いる。みな心をとざしているようすで、ぼう然としている。後ろのほうに、ムゼー・ジョサイアとママ・マーシーのすがたが見えた。ムゼー・ジョサイアは荷台にすわって頭をたれ、その体にママ・マーシーがよりかかっている。ママ・マーシーの目はとじていて、両脚《りょうあし》は力がぬけてだらしなくひらいている。ムゴはあわてて目をそらした。

「母さん、父さんは——」ムゴは言いよどんだ。となりの部屋から聞こえてきた父さんのさけび声のことを母さんに伝えなきゃと思っても、言葉がのどにひっかかって出てこない。ふいに、トラックのエンジンがかかり、振動《しんどう》が伝わってきた。せめて、父さんのすがたを最後に見た場所を母さんに教えなければ。ここをはなれるまえに。

「あそこを見て、母さん！」ムゴは、自分がとじこめられていた建物の、ずらりとならんだ扉《とびら》のほうを指さした。扉《とびら》のひとつがあいているが、暗くて中は見えない。あれは自分のいた部屋だろうか？　父さんはまだとなりの部屋にたおれているのか？

「父さんが入れられてたのは、あそこだよ、母さん！」ムゴがようやくそう言ったとき、トラックはゆれながら建物の横のほうに向かって走りだした。とつぜん、ムゴの口から言葉が飛びだした。

「父さんはわたさない！　父さんを返せ！」

しかし、そのさけびはエンジンの音にかき消されてしまった。トラックは建物の右側に向かって進んでいる。収容所《しゅうようじょ》に送られる人たちは見えなくなった。建物の裏側《うらがわ》にまわると、小さな庭があり、そのむこうに小屋がいくつか立っていた。小屋のひとつから、赤帽子《ぼうし》がふたり出てきた。

ふたりは何か……いや、だれかをひきずっている。その人の両脚《りょうあし》は地面をこすっている。首はうなだれ、うつむいていて……顔は見えないけど……あの上着はまちがいなく父さんのだ。

母さんの体を、衝撃《しょうげき》が稲妻《いなずま》のようにつらぬいたかに見えた。母さんは弟と妹を抱《だ》きよせ、そちらを見ないように顔をそむけさせた。母さんもムゴも、なんの音も聞こえないあらしの中にいるようだ。声ひとつたてずにいる母さんの両頬《りょうほお》を、涙《なみだ》が流れ落ちる。ムゴは母さんの肩《かた》に頭をもたせかけた。胸《むね》の中に、悲しみと怒《いか》りがうずまいていた。

21　フェンスのむこうにさけんでも

マシューのお父さんが新しくやとった使用人たちが到着《とうちゃく》するまでに、五、六日かかった。お父さんがキクユ人以外にしてくれと言ったために、北部に住む人たちがやとわれ、その人たちが運ばれてくるまで待たなければならなかったのだ。

新たな使用人たちがやってくると、マシューはお父さんからこう言われた。牛、馬、雌鶏《めんどり》の世話や畑仕事は、もう手伝わなくていい。だが、お母さんの家事はひきつづき手伝うように、と。料理やそうじができるという使用人がきても、だれひとり、お母さんの気に入る人はいなかった。朝食のとき、そのことでお母さんが不満を言っても、お父さんはろくに聞いていないようにマシューには見えた。

「ジョサイアやマーシーの代わりになる人なんて、いやしないわ」お母さんが言う。

「なら、仕事を教えこんで、同じようにできるようにすればいい」お父さんはいらいらと答える。

「いまだに信じられないのよ。ジョサイアとマーシーがマウマウの誓《ちか》いを立てたなんて。そんなの、まるであのふたりらしくないわ」お母さんがこう言うのは、もう何度目だろう。

「らしくなくても、フランクがそう言ってるんだ。ここの使用人は、ひとり残らず、あのいまいましい誓《ちか》いを、立てたんだ！」お父さんがひとこと言うごとにテーブルをたたくと、ヤナギのもようのカップが、受け皿の上でカタカタゆれた。「一度誓《ちか》いを立てた人間は、信用できない」お父さんは、ランスのお父さんの言うことを今ではすっかり信じている。

お母さんはだまりこんだ。

「少なくとも、あのふたりは収容所《しゅうようじょ》へは送らないとフランクは言っている。――裏切《うらぎ》り者のカマウは別だが」

「でも、居留地で、あのふたりがどうやって暮《く》らしていくのか――」

「それはわれわれの知ったことじゃない」お父さんがさえぎって言う。「この件について、フランクの判断はまちがっていない。彼《かれ》の忠告《ちゅうこく》はただひとつ、だれひとり、もどってこさせるな、ということだ。使用人を総入れかえしたんだから、しっかり監督《かんとく》しないとな」お父さんはそう言うと、飲みかけの紅茶《こうちゃ》を残し、さっさとダイニングルームを出ていった。

馬小屋の裏《うら》のかくれ家が燃えてなくなってしまった今、マシューにとって、家からにげだすのにいちばんの場所は、射撃《しゃげき》の練習に使っている細長い空き地だった。もとのかくれ家ほど見つかりにくい場所ではないけれど、家とのあいだに果樹園《かじゅえん》があるから、お父さんやお母さんの目に入りにくい。その細長い空き地のむこうには有刺鉄線《ゆうしてっせん》のフェンスがあって、その先にはブッシュが広がっている。ムゴとふたり、フェンスがこわれているのを見つけたところだ。あのとき、マシューはブッシュにいきたくてたまらず、買ってもらったばかりのレッドライダーのせいで気が大きくなってもいたので、むちゃをして、ゾウにおそわれそうになった。ムゴはあの日、マシューをゾウから守ってくれただけでなく、秘密《ひみつ》も守って、マシューがお父さんにしかられないようにしてくれた。そのことが、今では遠い昔のように思える。

もう酪農場《らくのうじょう》にいかなくていいんだと思うとマシューはうれしくて、射撃《しゃげき》の練習を始めたが、ひとりではつまらなくて、すぐにあきてしまった。的《まと》をねらうことに集中できないし、朝食のときの言い争いが頭をはなれない。カマウは収容所《しゅうようじょ》に送られるとお父さんが言ったとき、マシューは雷《かみなり》に打たれたような気がした。だけど、お父さんはその話をすぐに切り上げて、さっさといってしまった。

あの火事が、すべてを変えた。お父さんは急に、ランスのお父さんの言うことを何もかも信じるようになった。一方、マシューは、ランスが意地悪でずるいやつだということを思い知った。そんなランスと友だちになりたがっていたなんて、考えただけで吐《は》き気《け》がした。

マシューはレッドライダーを地面に置いて、木の切り株《かぶ》に腰《こし》かけ、ドゥマを呼《よ》びよせると、耳のうしろをなでてやった。

「今はおまえだけが、ぼくの友だちだ。そうだろ?」

ドゥマは悲しそうな目でマシューを見あげ、羽根ばたきみたいに尾《お》をふった。赤茶色の毛が朝日にかがやいている。

「おまえ、ムゴに会いたいだろ？」

ドゥマが、会えるの？　とでも言いたげに目をあげ、耳を立てる。マシューは両腕《りょううで》でドゥマの首を抱《だ》き、すべすべの毛に顔をうずめた。

「ムゴはもう帰ってこないんだよ！　何もかもめちゃくちゃだ！」

ドゥマが弱々しく鳴いた。

マシューはつぶやいた。「学校にはもどりたくない。あそこにはもう友だちなんていない。ランスに言われて、みんながぼくを無視《むし》するだろうから」

そのとき、ドゥマが低くうなりだした。マシューが驚《おどろ》き、ランスという名前に反応したのかなと思っていると、ドゥマはとつぜん向きを変えて、しきりにほえながらフェンスのほうへ走りだした。

「どうした、ドゥマ？　何かいるのか？」マシューは空気銃《くうきじゅう》をひろいあげ、急いであとを追った。

ドゥマはフェンスにそってちょこちょこと走っている。下をくぐれそうな場所をさがしているみたいだ。だけど、いちばん下の有刺鉄線《ゆうしてっせん》が地面に近すぎて、くぐれない。ドゥマは弱々しく鳴いては力強くほえるのをくりかえしている。きっとフェンスのむこうの草むらに何かいるんだ！

果樹園《かじゅえん》のはしの、フェンスの角まできたとき、ドゥマが大きく前にはねた。その後もしきりに、前に後ろにはねている。興奮《こうふん》して、もどかしそうにしている。ふいに、マシューはその理由がわかった。フェンスのむこう側、ブッシュの草が刈《か》られたところに、カマウの家がある。そして……入り口の扉《とびら》からよろよろと、さかさにした丸椅子《いす》の上にいろんなものをつみあげて出てきたのは、ムゴだ。わきには鍬《くわ》もはさんでいる。

「ムゴ！」マシューは思わずさけんだ。ムゴが立ち止まり、目をあげてこっちを見た。ムゴのお母さんと弟と妹もこっちを見た。三人はムゴの少し前にいて、それぞれ両手に生活に必要なものをかかえている。ムゴはすぐに目をそらした。

「急げ《ハラカ》！　さもなきゃ、ぜんぶ置いていけ！」カーキ色の軍服を着た兵士が、ムゴの後ろの戸口に現れた。たとえ兵士にどなられなくても、ムゴはもうこちらを見はしないだろうと、マシューにはわかった。

ムゴたち四人が、家の敷地《しきち》のはずれのバナナの木立まで進んだとき、ムゴのお母さんがいきなり向きを変え、持っていたいくつかの鍋《なべ》をムゴの荷物の上にさっとのせたかと思うと、自分の頭の上の箱を片手《かたて》でささえながら、家の裏手《うらて》へ向かってかけだした。監視兵《かんしへい》に鞭《むち》でたたかれても、止まらない。やがて、コケーッ、コッコッコッとけたたましい鳴き声が空気を切りさいてひびいたと思うと、すぐにお母さんが、雌鶏《めんどり》二羽と段《だん》ボール箱をかかえて現れた。必死で走り、追ってくる監視兵《かんしへい》をなんとかふりきって子どもたちに追いついた。家の裏手《うらて》からは、まだけたたましい鳴き声が聞こえている。

マシューはふと気がついた。あの雌鶏《めんどり》たちは火事のあとずっと、えさをもらってないはずだ！お父さんがカマウの代わりにやとった人が、あの一家の雌鶏《めんどり》や、菜園や、一家がしかたなく置いていくほかのものもぜんぶ、もらい受けるんだ。ムゴたちが移住させられる居留地には、きっと何もないだろう。居留地がどんなところか、マシューは少し知っている。車でナイロビへいくとちゅうで、居留地をふたつほど通りぬけるからだ。どちらも土地がやせていて、牛たちは草をほとんど食べつくして、ここの農場の牛とちがい、皮があばら骨《ぼね》にはりついているみたいにやせていた。牛が食べる草も生えないようなところに、人の食べるものが十分にあるはずがない。

マシューは顔が赤らむのを感じた。どうしても、ムゴが連れていかれるまえに話したい。何を言えばいいかわからないけど、とにかく話したい。マシューは走りだした。そのまま家にそって走ればすぐに追いつけるが、とっさにベランダから居間に入り、ろうかを走って食糧貯蔵室《ちょぞうしつ》へいった。キッチンにはお母さんがいる。マシューは息を殺し、ジョサイアがビスケットを入れておくびんのふたをそっとあけた。やわらかくてもろいバタービスケットが、まだいくらか入っている。ジョサイア特製のビスケットだ。マシューは、ジョサイアが大事にしまっていた茶色い紙袋《かみぶくろ》を一枚《まい》取ると、できるだけ音をたてずにビスケットを入れ、しのび足でろうかにもどった。

外に出ようと玄関《げんかん》のドアをあけたとき、最初に目に入ったのは、お父さんが白人の警官《けいかん》と話しているすがただった。ふたりの横にはトラックが停まっていて、大勢の人と荷物がつみこまれている。お父さんたちもトラックもフェンスの外側にいて、門はしまっている。マシューが門のほうへかけだすと、ドゥマも家の横から飛びだしてきてマシューにかけよった。

「ジャンボ（英語の「ハロー」のような、スワヒリ語のあいさつ）！」マシューはトゥルカナ人の見張りにさけんだ。ふたりとも、背《せ》すじをぴんとのばしてむこうを向いている。「門をあけて！　あけてったら！」マシューがさけぶと、ドゥマもまねるようにさかんにほえた。

だが、門番がふりむきもしないうちに、お父さんが片手《かたて》をあげて「あけるな」と合図した。門番たちは、マシューを外に出すなと命じられたのだ。

「家の中にいなさい、マシュー」お父さんがきびしい口調で言った。

「ムゴにさよならを言いたいんだ……それから、ジョサイアとマーシーにも！」ムゴのすがたは見えなくなっていたが、ジョサイアがトラックに近づいていくのが見えた。背《せ》を丸め、頭を低くたれている。マーシーがその横をよろよろと歩いている。ふたりとも、布につつんだ荷物をいくつも持っている。あのふたりはいつも、しみひとつないぱりっとした制服を着ていた。それが今では、よごれてしわくちゃの服を着ていて、何日も着かえていないみたいだ。マシューがこのまえ見かけたときから、一気に年をとったように見える。

お父さんが、ちょっと失礼、と警官《けいかん》に言って、マシューのほうへ歩いてきた。

「おまえは見るんじゃない。このさわぎが終わるまで、お母さんといっしょに家の中にいなさい」フェンスのむこう側から、そっけなく言う。

「だけど、さよならを言いたいんだ！　ちょっとのあいだでいいから」マシューは半分泣き声になっていた。せめてビスケットをムゴにわたせれば、ムゴもわかってくれるだろう。マシューがあやまりたいと思っていること、いかないでほしいと思っていることを。

「今回のことに個人的な感情を持ちこむわけにはいかないんだ。さあ、中に入りなさい！」

お父さんはゆっくりと向きを変え、警官《けいかん》のところへもどっていった。マシューの目に涙《なみだ》がこみあげる。急いで、手の甲《こう》でぬぐった。お父さんの言うとおりにしないと、あとでしかられる。だが、お父さんにしたがうかどうか決めかねているうちに、ムゴがお父さんの後ろに現れた。よろよろとトラックのほうへ歩いていく。あごの下までつみあげた荷物のせいで足元が見えないのだろう、ムゴはつまずいた。見ているマシューははっとしたが、ムゴは器用にくるりとまわって、バランスを取りもどし、何も落とさずにすんだ。額の汗《あせ》が、日を受けて光っている。以前なら、ムゴは得意そうに笑っただろうが、きょうはにこりともしない。

マシューはさけんだ。「ムゴ！　こっちを見て、ムゴ！」今度もドゥマがいっしょになってほえた。マシューの声がとどいたのか、ドゥマのほえ声に反応したのかはわからないが、ムゴがゆっくりふりむいて、こちらを見た。一点に集中したそのまなざしは、ブッシュで三十メートル以上も先にいる動物の尾《お》や耳さえも見のがさない、「先の見える者」の目だ。

「わたしたいものがあるんだ、ムゴ！」マシューは茶色い紙袋《かみぶくろ》をかかげて見せた。お父さんがまたこちらに歩きだしたが、マシューはムゴをじっと見て、どうか答えてくれますようにと祈《いの》った。だが、反応はなかった。ムゴはまちがいなくマシューを見たし、声も聞こえたはずだ。なのになぜ、まったく反応しない？　マシューは紙袋《かみぶくろ》をおろし、唇《くちびる》をかみしめて、がっかりしているのを顔に出すまいとした。お父さんが近づいてきて、視界《しかい》をさえぎった。

「何を持ってきたんだ？」いらいらした口調でたずねる。

マシューは茶色い紙袋《かみぶくろ》を有刺鉄線《ゆうしてっせん》のあいだからさしだした。

「これを――ムゴに！」マシューは口ごもった。紙袋《かみぶくろ》をぐいと上にあげる。お父さんは受け取ろうとしたが、そのまえに袋《ふくろ》が有刺鉄線《ゆうしてっせん》のとげにひっかかり、ジョサイアの最高においしいバタービスケットがばらばらと地面に落ちてしまった。

お父さんのため息が聞こえた。「さあ、もう中に入りなさい、マシュー。おまえも、もっと大きくなればわかる」

マシューは有刺鉄線《ゆうしてっせん》のこちら側に立ちつくした。ジョサイアのバタービスケットが割《わ》れて、かわいた赤い土の上にちらばっているのをじっと見た。ドゥマがすかさず、とどくところに落ちているかけらをがつがつ食べはじめた。残りはアリが平らげるだろう。マシューの目が涙《なみだ》にかすんだ。

トラックのエンジンが回転数をあげ、その音がマシューの耳にひびいた。きっと、もう二度とムゴに会うことはないだろう。ジョサイアにもマーシーにも……カマウにも。今どうしても理解できないことが、あとになれば理解できるなんてこと、あるんだろうか？

22　燃えさかる炎

　タイヤが巻《ま》きあげる土ぼこりが、ムゴの鼻やのどにまで入ってくる。トラックが縦《たて》に横にゆれるたび、荷台にぎっしりつめこまれた人たち全員がゆさぶられ、たがいの体や荷物とぶつかりあった。ムゴは、母さん、弟、妹、ムゼー・ジョサイアやほかの子どもたちといっしょに、毛布を何枚《なんまい》か重ねた上に腰《こし》かけている。ママ・マーシーはその足元に横たわっていて、頭の横には、母さんが空気穴《くうきあな》をあけて雌鶏《めんどり》を入れた段《だん》ボール箱が置いてある。ママ・マーシーは、たたんだ毛布を一枚《まい》、母さんから借りてまくらにしたが、あとはどんな申し出もことわって、金属の床《ゆか》にじかに横たわっていた。

　トラックは、キリニャガからどんどん遠ざかっていく。ンガイが創造《そうぞう》し、先祖代々の人たちが心のよりどころとした大きな山はもう、はるかかなたに小さなアリ塚《づか》のように見えるだけだ。白人は、ヘビがアリ塚《づか》からアリを追いはらうみたいに、ムゴたちをすみかから追いはらった。手に持って運べるもの以外はぜんぶ、置いてくるしかなかった。町の中古家具店で買った、母さん自《じ》慢《まん》のテーブルやいすも、父さんが母さんのためにつくった木のベッドも、炊事《すいじ》小屋の油の缶《かん》の横に大事にとってある、母さんがひいたひきわりトウモロコシも、菜園《シャンバ》に実っていたマメやトマトや薬野菜も……すごくたくさんのものを置いてこなければならなかった。監視兵《かんしへい》に「急《ハ》げ《ラカ》！急げ《ハラカ》！」と耳元でどなられて……。あんまりあわてたので、宝物《たからもの》が入った小さな革袋《かわぶくろ》をあやうく忘《わす》れるところだった。

ムゴは思う。たしかに兄さんのギタウの言うとおりだ。白人は、おれたちが苦しんでいてもなんとも思わない。やつらにとって、おれたちは虫けら同然なんだ。ムゴは、父さんの両脚《りょうあし》が地面にひきずられていたのを思い出し、顔をゆがめた。父さんも今、ママ・マーシーと同じように、トラックの荷台に横たわっているかもしれない。どこに連れていかれるのかも知らずに。

父さんには夢があった。子どもたちを学校に通わせ、白人と同じ知識を身につけさせるという夢だ。そうすれば子どもたちは土地を取りもどす方法を学べると、父さんは思っていた。白人も、教育を受けた黒人に敬意《けいい》をはらうようになると思っていたのだ。「白人もおれたちも、同じ人間なんだ」と言っていた。そんな父さんの夢はどこへいった？　偉大《いだい》な予言者の言葉が現実になることなんてあるのか？　ぼくたち一家は永遠にアリのままなのか？

ムゴは左右の手をきつくにぎって毛布の下に入れた。すると、片方《かたほう》のこぶしをムゼー・ジョサイアが自分の手でつつんできたので、びっくりした。

「おまえの父親は――りっぱな人だ」ムゼー・ジョサイアが低いしわがれ声で言った。まるで、ムゴが何を考えているか知っているみたいだ。父さんとムゼー・ジョサイアは、親しい間柄《あいだがら》ではなかった。ムゼー・ジョサイアが、こんなことになったのはムゴの父親のせいだと思っていたとしても、ふしぎじゃなかった。あの警部補《けいぶほ》はまちがいなく、使用人全員にギタウについて問いただしたはずだから。

「われわれは、とてつもなく大きな炎に巻《ま》きこまれてしまったんだよ、ぼうず」

ぼうず？　ムゼー・ジョサイアがムゴのことをそんなふうに親しみをこめて呼《よ》んだことは、これまで一度もなかった。ムゴは、ムゼー・ジョサイアの手のひらのあたたかい汗《あせ》を肌《はだ》に感じた。

「その火はだれもかれもを食いつくす――キクユも、白人も、だれもかれもだ」ムゼー・ジョサイアは手をひっこめ、その手で自分の太ももを打ちながら、つづけて言った。「だがな、その炎に心まで食われてはだめだ！　わかるか？」

ムゴは両腕《りょううで》で自分の胸《むね》を抱《だ》き、手首をあばら骨《ぼね》に押《お》しつけた。心まで食われるなと言われても、どうすれば止められる？　すでに炎は、この体の中で燃えているのだ。頭から腹《はら》まで、燃えたぎっている。心は痛《いた》みにゆがんでいる。口はからからにかわき、言葉が出てこない。ムゼー・ジョサイアの言いたいことはわかる。人をうらむな、と言っているんだ。そしてきっと、自分自身にも、うらんではいけないと言い聞かせているんだ。

ムゴは、道のわきの有刺鉄線《ゆうしてっせん》を目でたどった。有刺鉄線《ゆうしてっせん》のフェンスが、とぎれなくつづいている。白人はあらゆるところにいる。犬のほえる声がして、ムゴはそちらを見た。有刺鉄線《ゆうしてっせん》のむこう側にそって、犬が三匹《びき》、怒《おこ》ったハイエナみたいな顔でトラックを追ってくる。だれかをずたずたにしたがっているような恐《おそ》ろしい顔をしている。そういえばさっき、ドゥマが、グレイソン農場のフェンスのむこうからこっちへこようとしていた。ドゥマは、ぼくに鼻をこすりつけて甘《あま》えたかったんだ。だけど、だんなさま《ブワナ》がドゥマをとじこめたままにした。最後にもう一度、あの長くてやわらかい耳の後ろをかいてやれたらよかったのに。ドゥマといっしょにあの白人の男の子もいて、「ムゴ！　ムゴ！」とおれの名前を呼んでいた。これまでに何度、あの子に名前を呼《よ》ばれただろう？　だけどきょうは、いばって「ムゴ、早く！」とか「ムゴ、いっしょに遊ぼう！」とか言うときとは、声の調子がちがっていた。必死さが伝わってきた。だけど、あの子が外に出るのをだんなさま《ブワナ》はゆるさなかった。

あの子は小さな紙袋《かみぶくろ》をかかげて見せた。袋《ふくろ》は有刺鉄線《ゆうしてっせん》にひっかかってやぶれ、中身は赤い土の上に落ちて、ドゥマがしきりににおいをかいでいたけど、そうなるまえから、中身はムゼー・ジョサイアのビスケットだろうと思っていた。あの子はよくビスケットをくすねて、自分のかくれ家に持っていった。いつも茶色い紙袋《かみぶくろ》に入れて持ち出していたっけ。ムゼー・ジョサイアはあとからビスケットがなくなっているのに気づいて、ぶつぶつ文句を言ったけど、自分の焼くビスケットをそんなに気に入ってくれたのを、ひそかに喜んでもいた。

ふいに、ムゴののどに何かがこみあげた。だんなさま《ブワナ》に見こまれて、家の中の仕事をまかされたり、キッチン・トトにしてもらったりしなければよかった！　ずっと牧童をしていれば、あの白人の男の子と知りあうこともなかっただろう。じいちゃんから土地をうばった白人の孫であるあの子と……。あの子に、ヤギの革《かわ》を使ってぱちんこをつくる方法を教えてあげた。バナナの葉でボールをつくったり、竹で貯金箱をつくったり、サイザルアサでわなをつくったり……弟に教えるようなことはぜんぶ、教えてあげた。あの子がばかなことをしたり、自慢《じまん》したりしても、なるべく見て見ぬふりをした。父さんは子どものころ、今のだんなさま《ブワナ》のめんどうを見たと言っていたけど、おれも同じようにあの子のめんどうを見た。だからこそ、あのときのだんなさま《ブワナ》の目が忘《わす》れられない。火事の夜、父さんとおれを見たあの人の目は、疑《うたが》いに満ちていた。そして、よくもわたしを裏切《うらぎ》ったなと言っていた！

ギタウは、おれたちがどんな目にあったか知っているんだろうか？　ギタウが怒《おこ》って眉《まゆ》をひそめ、「だから言っただろ？　これでおまえにもわかっただろ？」と言う声が聞こえてきそうだ。

ムゴは前かがみになって、そばに置いてある鍋《なべ》をのぞきこみ、木のスプーンのあいだにうもれていた小さな革袋《かわぶくろ》をひっぱりだした。そして袋《ふくろ》の中に手を入れ、あの白人の男の子からもらったビー玉や、ぱちんこや、おくさま《メムサヒブ》の陶器《とうき》のかけらなど、子どもっぽい宝物《たからもの》を押《お》しのけて、小さな木彫《きぼ》りのゾウを取り出した。手のひらの上で、ゾウは足と牙《きば》を上に向けてひっくりかえっていた。ムゴはゾウの足を下にして、顔を自分のほうに向けた。ゾウは鼻をもたげ、牙《きば》を前に向けて、今にも突進《とっしん》してきそうに見える。

キリニャガの木から彫《ほ》りだしたゾウの重みを感じ、にぎりしめた。ギタウが元気でマイナといっしょにいますように、そして今も、もう一頭の木彫《きぼ》りのゾウを持っていてくれますように、とムゴは祈《いの》った。キリニャガの中腹《ちゅうふく》の森で暮《く》らすのはきつく、危険《きけん》だ。長い雨季に入り、雨がはげしくふれば、もっと大変になる。今、ムゴのいるところから、キリニャガは、見えない。アリ塚《づか》ほどにも見えない。

トラックはムゴたちをどこか遠くへ連れていこうとしている。そして父さんも、どこか知らないところへ連れ去られる。有刺鉄線《ゆうしてっせん》がもっとたくさんはりめぐらされているところへ。大地だけが、おれたちみんなとキリニャガをつないでいる。おれたちは自分の土地からひきぬかれ……根こそぎにされ……雑草のようにばらまかれて、しおれそうになっている。だけど、白人にだって、土地そのものを根こそぎにすることはできない。土地はいつだってここにある。父さんなら、そう言うんじゃないか？　もし話すことができたなら。土地がそこにあるかぎり、希望をなくしちゃいけない、と。

ムゴは母さんをちらっと見た。弟と妹は眠《ねむ》りこんで、頭を母さんの体にもたせかけている。母さんも、目をとじて土ぼこりが入らないようにしている。心配ごとが多いせいで顔にしわがふえ、お面に刻《きざ》みこまれた深いすじのようだ。母さんが年を取るなんて、考えたこともなかった。

おれだってもう子どもじゃない。父さんがいない今、家族のめんどうを見るのはおれの役目だ。だけど、もし、ギタウやほかのみんなから「土地と自由《イザカ・ナ・ウィヤジ》」のためにいっしょに戦おうと言われたら？　いかずにいられるだろうか？　ムゴは、自分の体の奥深《おくふか》くに燃えさかる炎を感じ、身ぶるいした。炎はだれもかれもを食いつくそうとしている。どうしたらその炎に心を焼かれずにすむか、ムゴにはわからなかった。

作者あとがき

とても美しく、静かで、平和そうな場所だけれど、もし大地や草や木が話せたらまったくちがう話をするだろうとわかっている——そんな、なんともいえない気持ちをわたしが味わうのは、朝霧《あさぎり》がケニア山、キクユ人の言葉で「キリニャガ」の斜面《しゃめん》をのぼっていくのを見ているときです。

一九五二年十月に出された非常事態宣言《せんげん》が解除《かいじょ》されるまでのあいだに、五万五千人のイギリス人兵士がケニアに送りこまれました。〈マウマウ〉が殺害した白人入植者は三十二人でしたが、当時の報道をおぼえている人たちからは、「もっと多かったような気がする」という言葉がよく聞かれます。さらに、千八百人以上のアフリカの一般《いっぱん》市民が、ロイヤリスト（植民地政府に忠誠を誓ったアフリカ人）であるという理由で〈マウマウ〉に殺され、さらに何百人もが行方不明になって遺体《いたい》すら見つかりませんでした。当時は、〈マウマウ〉の行為《こうい》について、多くの恐《おそ》ろしい話が報じられました。一方で、イギリス軍が殺害した〈マウマウ〉の戦士および戦士と疑《うたが》われる者の数は、少なくとも一万二千人、おそらく二万人に達しただろうといわれています。

非常事態宣言《せんげん》によって、キクユの人々は大変な打撃《だげき》を受けました。〈マウマウ〉の宣誓《せんせい》をするかどうかをめぐって、家族どうしが対立してばらばらになることもあり、内戦のようになったからです。また、少なくとも十五万人のキクユの男女が、〈マウマウ〉の支持者とみなされ、投獄《とうごく》されました。顔をかくした密告者《みっこくしゃ》からの情報《じょうほう》だけで、投獄《とうごく》されたのです。そのほとんどは、裁判《さいばん》にかけられることもありませんでした。ひとつの地域《ちいき》社会の人々が全員、「集団的処罰《しょばつ》」を受けることもありました。植民地政府は、死刑《しけい》を適用できる罪の範囲《はんい》を広げ、証拠《しょうこ》がとぼしくても死刑《しけい》を宣告《せんこく》できるようにしました。絞首刑《こうしゅけい》に処《しょ》せられたキクユ人の男性は千九十人にのぼり、終身刑《しゅうしんけい》に処《しょ》せられたキクユ人の女性も三十人いました。ほかのイギリスの植民地での闘争《とうそう》にくらべても、ケニアではるかに多くの死刑《しけい》が執行《しっこう》されたのです。「テロ行為《こうい》が行われていたため、人権《じんけん》の保障《ほしょう》を一時的に停止した」というのが、植民地政府の言い分でした。

当時のイギリスにも、これに強く抗議《こうぎ》した人たちはいました。社会主義者の国会議員、フェナー・ブロックウェイ（イギリスの反戦活動家、政治家。一八八八―一九八八）やバーバラ・カースル（イギリスの政治家。一九一〇―二〇〇二）は、植民地解放運動を積極的に支持しました。ケニアの収容所《しゅうようじょ》で拷問《ごうもん》や虐待《ぎゃくたい》が行われていることも、公表しました。しかし、イギリス政府はケニアに派遣《はけん》した役人たちを支持し、その役人たちは白人入植者が訴《うった》える〈マウマウ〉への恐怖《きょうふ》をうのみにして、入植者たちの要求を聞き入れつづけました。白人の側が罰《ばっ》せられることもありましたが、刑《けい》は軽く、〈マウマウ〉の容疑《ようぎ》をかけられた者の耳の中をタバコの火で焼いた罪に対して三か月の重労働と罰金《ばっきん》、溶《と》かしたパラフィンろうを容疑者《ようぎしゃ》にかけた罪に対して罰金《ばっきん》二十五ポンド、という具合でした。

一九五七年までには、森にひそんでいた〈マウマウ〉の兵士もいなくなり、〈マウマウ〉の敗北はあきらかでしたが、入植者たちは非常事態法の継続《けいぞく》を望みました。そして一九五九年には、ホラ収容所《しゅうようじょ》（ホラはケニア南部、タナ川ぞいの町）に拘留《こうりゅう》されていた十一人が、白人の看守《かんしゅ》が見守るなか、黒人の看守《かんしゅ》にこん棒《ぼう》でなぐり殺されるという事件が起こりました。役人たちはこの件を隠蔽《いんぺい》しようとしましたが、事実は明るみに出て、イギリスで広く議論をひきおこしました。

非常事態宣言《せんげん》は、一九六〇年一月にようやく解除《かいじょ》され、イギリス政府は、ケニアの全国民が選出する政府に政権《せいけん》をゆずりわたす準備を始めました。そして一九六三年、この物語の終わりからわずか十年後に、ジョモ・ケニヤッタがケニア初の首相となり、その一年後には、イギリスから独立したケニア共和国の大統領となりました。かつてイギリスの総督《そうとく》はケニヤッタのことを、「（ケニアを）闇《やみ》と死に導く指導者」と呼《よ》び、非常事態宣言《せんげん》が出ていた七年間、監獄《かんごく》に収監《しゅうかん》していました。しかしケニヤッタは、めちゃくちゃになった国に平和をもたらすため、国民にこう呼《よ》びかけたのです。「ゆるす心を持とう……過去の憎《にく》しみは忘《わす》れて……復讐《ふくしゅう》ではなく協調することで、ともに国を築こう」

独立のための闘争《とうそう》の歴史は、ケニアの各家庭で語り伝えられ、学校でも公認《こうにん》された形で子どもたちに教えられてきましたが、独立から四十年たった二〇〇三年まで、〈マウマウ〉は非合法組織とされてきました。二〇〇五年の時点でも、ナイロビの国立博物館には、〈マウマウ〉についての痛《いた》ましい歴史に関する展示《てんじ》はありませんでした。そこで、わたしはケニア中央部の町、ニエリにある平和博物館にいってみることにしました。その博物館の小さな部屋には、当時の反逆者とロイヤリスト、両方から寄付された品々、古い書類、写真などがたくさん集められていると聞いていたからです。対立する双方《そうほう》の側のストーリーがひとつ屋根の下に集められたその展示室《てんじしつ》を、ぜひ見たいと思いました。ところが、そのすばらしい小さな博物館は、もうなくなっていました。予算がたりなくて、閉館《へいかん》してしまったのです。

それでも、過去はなんらかの形でよみがえるものです。二〇〇六年十月、ロンドンの法律家《ほうりつか》たちがイギリス政府に対して、かつて〈マウマウ〉として拘留《こうりゅう》されていた一群の高齢者《こうれいしゃ》への補償《ほしょう》を求める訴訟《そしょう》を起こしたのです。彼《かれ》らが受けた拷問《ごうもん》と違法《いほう》な虐待《ぎゃくたい》は、独立闘争《とうそう》を壊滅《かいめつ》させようとした植民地政策《せいさく》の一貫《いっかん》だった、というのが原告側の主張です。それからというもの、かつてないほど多くの人が〈マウマウ〉の独立闘争《とうそう》について議論《ぎろん》し、記事を書くようになりました。何十年ものあいだ、森に、峡谷《きょうこく》に、ほら穴《あな》に、家庭や村や町にひそんでいた話の多くが、記憶《きおく》の底から現れ、人々は沈黙《ちんもく》を破って語りだしたのです。

物語作家であるわたしは、マシューのため、そしてムゴのために、こう信じるしかありません。

心の中の言葉は、語ることによってひきだされる《ケレ・ンゴロ・ケルタグウォ・ナ・メアリオ》

謝辞《しゃじ》

二〇〇四年、ケニアは、かつてその地を植民地支配していたイギリスと合同で、独立四十周年を祝いました。その行事にわたしも招かれて、自身の作品を朗読《ろうどく》し、創作《そうさく》のワークショップを行いました。大変ユニークなプログラムを実施《じっし》できたことを、とりわけ、司書で活動家のアン・ムーアとイギリス高等弁務官事務所広報官のマーク・ノートンに感謝します。あのとき、わたしは、イギリスとケニアというふたつの国がとても対照的であることに気づき、ケニアを舞台《ぶたい》にした小説を書こうと決めたのでした。しかし、それは決して容易《ようい》なことではないとわかっていました。ケニアの作家、グギ・ワ・ジオンゴ（一九三八年、ナイロビ生まれ。一九六〇年代に英語で執筆活動を始め、一九七七年に政治犯として一年間勾留されて以来は、母語のキユク語で小説、戯曲、評論等、幅広く執筆している）の小説のとてつもない力を、おぼえていたからです。ジオンゴの小説を初めて読んだのは四十年ほどまえのことでしたが、以来、読むたびに、自分の知らない世界、それまで想像もしなかった世界へと運ばれていくのを感じたものです。

　独立まえのケニアでの思い出を語ってくださった方たち全員に、深く感謝します。また、ケニア中央高地を再訪《さいほう》したときには、フレッド・キニャンジュイに大変お世話になりました。彼《かれ》と話したことで、〈マウマウ〉の時代、キクユ人の子どもがどれだけ身に迫《せま》る危険《きけん》を感じていたか、ありありと思いえがくことができました。また、多くの参考書籍《しょせき》にも助けられました。ドナルド・L・バーネットとカラーリ・ンジャマの共著《きょうちょ》『内部から見たマウマウ』（未訳《みやく》）、ジョサイア・ムワンギ・カリウキ著《ちょ》『マウマウの拘禁者《こうきんしゃ》たち』（未訳《みやく》）、キャロライン・エルキンズ著《ちょ》『英国がつくった強制収容所《グラーグ》』（未訳《みやく》）などです。紙面が限られているため、ケニアへの理解を深めてくれた著作《ちょさく》や著者《ちょしゃ》の名前をすべてあげることはできませんが、とりわけ、『つるされし者たちの歴史』（未訳《みやく》）の著者《ちょしゃ》、デイヴィッド・アンダーソンの広範囲《こうはんい》で見識に富むリサーチに感謝します。

　わたしの質問に根気よく答えてくださり、原稿《げんこう》を読んで助言をくださったグレイス・ギコニヨ・カヘンデ氏に、深く感謝します。また、次の方々にも感謝をささげます（敬称略）。マーレン・ボーデンスタイン、ジル・バーガー、マヤ・ナイドゥー、マドレーヌ・レイク、マハラジンガム家のみなさん、プラヴィーン・ナイドゥー、オルソラ・オヤレイ。フィーリニェ・ニークリーチャン博士と、原稿《げんこう》を読んで感想を聞かせてくれた北部ロンドンの〈ＯＹＡ！〉のみなさん、ウィニフレッド・オポク、アデオバ・オケクンレ、ナンシー・カヌ、ジャシンタ・ナマタカ、ジヨルダン・オリンピオ、ウジュ・ニコラ・ウフォマデュにも感謝を。

　最後に、編集者のジェイン・ニッセンとエージェントのヒラリー・デラメア、そしていつも変わらず支えてくれるナンダに、心からの感謝をささげます。

訳者《やくしゃ》あとがき

『ぼくの心は炎《ほのお》に焼かれる（原題 Burn my heart）』は、一九五〇年代のはじめ、ケニアがまだイギリスの植民地だったころの物語です。

ケニアはアフリカ大陸の東部にある国で、面積は日本の約一・五倍、二〇二一年の人口は約五三〇〇万人。国のほぼ中央を赤道が横切っていて、国土のほとんどは標高一二〇〇メートル以上の高地です。広大な草原と、そこに生息するさまざまな野生動物を、映像《えいぞう》や写真で見たことがあるかもしれません。そうした風景をまぢかに見ようと、世界中から多くの観光客がケニアを訪《おとず》れます。

ケニアが現在のような独立国となったのは、六十年ほどまえ、一九六三年のことです。この地域には、古来、いくつもの民族がまざりあって住んでいましたが、七世紀ごろからアラブ人が定住し、十六世紀以降《いこう》はポルトガル人とアラブ人がかわるがわる支配し、一八九五年にはイギリスが植民地としました。やがて一九二〇年代ごろから、キクユ人を中心に独立を求める運動が起こり、第二次世界大戦後の一九五〇年代にピークをむかえます。もともと自分たちのものだった土地と自由を白人から取りもどすため、団結して戦おうと誓《ちか》いあったキクユ人たちのなかには、武《ぶ》装《そう》して白人の農場を襲撃《しゅうげき》する過激《かげき》な者もいて、白人から〈マウマウ〉として恐《おそ》れられるようになります。〈マウマウ〉という呼《よ》び名《な》の由来については、キクユ語で「誓《ちか》い」を意味する「ウマ」であるとか、白人を暴力《ぼうりょく》で追放しようとした容疑《ようぎ》で裁判《さいばん》にかけられた黒人農場労働者が口にした言葉の「マウンドゥ・マウ（あれこれの事柄）」であるなど、複数の説がありますが、本当のところはわかっていません。

さて、ケニアと同じアフリカ大陸の南アフリカ連邦《れんぽう》で生まれ育った白人であるビヴァリー・ナイドゥーは、どんな思いで『ぼくの心は炎《ほのお》に焼かれる』を書いたのでしょう？　原書の巻末《かんまつ》にのっているインタビューの内容を、一部ここにご紹介《しょうかい》します。

（問）『ぼくの心は炎《ほのお》に焼かれる』は、どのようにして生まれたのですか？

（答）はじめは、父親が心の奥《おく》に封《ふう》じこめていた昔の話――後ろめたい秘密《ひみつ》――を息子に語って聞かせる、という形にするつもりでした。ところが書き進めるうちに、父親（おとなになったマシュー）の語りという「枠《わく》」を取りはらってしまったので、読者は一九五一年の世界にまっすぐ入っていき、マシューとムゴのあいだをいったりきたりすることになりました。けれども、うもれていた過去の話が作品の核《かく》であることは、変わりません。

権力《けんりょく》を持つ人々は、ともすると現実から目をそむけ、自分たちの主義や主張を押《お》し通そうとします。また、言うべきことをあえて言わないでおくことで、ありのままの事実が明るみに出ないようにすることもあります。もとからいた人々の土地を植民地にした人たちは、自分の子どもにどんなことを語ったのでしょう？　どんなことを語らないでおいたのでしょう？　一方、自分の土地を占領《せんりょう》され支配されてきた親たちが語る話とは、どんなものだったのでしょう？　親から聞いた話は、自分自身の一部になります。親や信頼《しんらい》していたおとなから聞いていた話が事実に反すると知って、ショックを受けた――そんな経験はありませんか？　物語というものは、実際の経験と同じように、心に変化を起こすことがあります。わたしたちの考え方や感じ方は、そうして変わっていくものなのです。

（問）この物語は、あなた自身の子ども時代やあなたが育った社会ともつながっていますか？

（答）わたしは、ケニアから南に三千キロはなれた南アフリカのヨハネスブルグで、白人の子どもとして育ちました。ちょうどそのころ、ケニアでは〈マウマウ〉と呼《よ》ばれる人たちが、植民地支配に抵抗《ていこう》する運動をしていました。けれどもわたしは、〈マウマウ〉がどんなに恐《おそ》ろしいかという話ばかり耳にしていて、その人たちが、自分たちの土地を取りもどすため、白人と同等の権利《けんり》や自由を手に入れるために戦っているということは、まるで知りませんでした。

従姉《いとこ》が結婚《けっこん》してケニアの高地へいき、広い農場で暮《く》らしていたのですが、ケニアがイギリスから独立したあと、一家で南アフリカに移ってきました。従姉《いとこ》の末の息子のニールは、ケニアに非常事態宣言《せんげん》が出されていた一九五三年の生まれで、南アフリカにきたとき十歳《さい》になっていました。そのころ、南アフリカの白人のほとんどは、白人による統治とアパルトヘイト（南アフリカ共和国で一九九一年まで続いた、白人と有色人種を差別する人種隔離制度・政策）をあいかわらず支持していました。それは一九六四年、ネルソン・マンデラ（一九一八年―二〇一三年。南アフリカ共和国の黒人解放運動指導者、政治家。反アパルトヘイト運動に身を投じ、合計三十年以上におよぶ獄中生活ののち、一九九四年、南ア初の全人種選挙によって大統領となった）と彼《かれ》の同志たちが終身刑《しゅうしんけい》を宣告《せんこく》された年のことでした。当時は、アパルトヘイトに反対する人々が大勢逮捕《たいほ》され、裁判《さいばん》にもかけられないまま長期間拘留《こうりゅう》されて、拷問《ごうもん》を受けていたのです。

わたしはそうした社会のまっただ中で、白人のひとりとしてすごしていたのですが、いわば「井《い》の中の蛙《かわず》」で、とくに疑問《ぎもん》を感じてはいませんでした。でも幸い、兄や大学の友人たちのおかげで、アパルトヘイトに抵抗《ていこう》する運動に積極的に参加しないかぎり、アパルトヘイトに協力していることになると気づきました。抵抗《ていこう》運動に参加した結果、逮捕《たいほ》され、拘置所《こうちしょ》で数週間すごしたこともありますが、それはわたしにとって重要な経験になりました。南アフリカの黒人にとっては、国全体が巨大《きょだい》な監獄《かんごく》のようなものだったのですから。一九六五年に、兄は何人もの友人とともに逮捕《たいほ》されて数年間監獄《かんごく》ですごすこととなり、わたしはイギリスにわたりました。短期間で南アフリカにもどるつもりでしたが、結局、イギリスで二十六年間、亡命者《ぼうめいしゃ》としてすごすことになりました。

一九八二年の二月五日、イギリスの公共放送BBCラジオのニュースをきいていたとき、ニール・アゲットという二十八歳《さい》の医師が、ヨハネスブルグの警察署《けいさつしょ》の独房《どくぼう》で首をつって死んでいるのが発見された、と報じられました。はっとして、母に電話してきいてみると、それは、やはり従姉《いとこ》の息子のニールでした。ニールは週に二晩《ふたばん》、病院で医師として働く以外は、ほとんどの時間を無報酬《むほうしゅう》で、労働組合のオルガナイザー（組合を組織したり、労働者に働きかけて加入を促したりする人）として、黒人とともに活動していたのです。ニールのように、アパルトヘイト体制下の残忍《ざんにん》な治安警察《けいさつ》に拘留《こうりゅう》されて拷問《ごうもん》を受け、その後死亡《しぼう》した人はそれまでも大勢いましたが、白人でそうした運命をたどったのは、ニールが初めてでした。ニールの葬儀《そうぎ》は、ヨハネスブルグにある聖《せい》マリア大聖堂《だいせいどう》の首席司祭、デズモンド・ツツ（一九三一年―二〇二一年。神学者。南アフリカの聖公会司祭で、反アパルトヘイト活動家としても知られる。一九八六年から九六年まで、ケープタウン大主教）によってとりおこなわれました。そして、何千人もの黒人労働者が、棺《ひつぎ》のあとにつづいて通りを歩き、黒人の仲間に敬意《けいい》を表するときと同じように、抵抗《ていこう》運動と自由をたたえる歌を歌いながら墓地へと向かったのです。

非常事態宣言下《せんげんか》のケニアで入植者の家庭に生まれた白人《ムズング》の子どもがそのような人生を歩むとは、いったいだれが予測したでしょう?

ビヴァリー・ナイドゥーは二〇〇一年に、『真実の裏側《うらがわ》』（めるくまーる）というナイジェリアからの難民を主人公とした作品でカーネギー賞（イギリスですぐれた児童文学におくられる、最も権威ある賞）を受賞しましたが、そのときのスピーチで次のように述べています。「みなさんは、この本の価値《かち》をみとめてくださることで、イギリス社会の表にはあらわれないところに難民《なんみん》たちの世界が存在《そんざい》することも、みとめてくださいました。同時に、わたしという作家が、その世界への道すじを子どもたちに示す地図を描《えが》いたとみとめてくださったことを、光栄に思います。わたしの書くものは自分が生まれたアフリカ大陸から大きな影響《えいきょう》を受けている、ということを、いつも意識しています」。

また、ナイドゥーは、読者から手紙などで、「これは本当にあったことなのですか？」と、よくきかれるそうですが、それに対しては、「背景《はいけい》となっている社会の状況《じょうきょう》は事実ですが、登場人物はすべて架空《かくう》のものです」と答えているそうです。

架空《かくう》の人物とはいえ、ナイドゥーの描《えが》く人々は、子どももおとなも、とても現実味があり、各人の個性がきわだっています。本書ではとくに、白人（イギリス人）のマシューと黒人（キクユ人）のムゴ、ふたりの視点《してん》から交互《こうご》に語ることで、物語に立体感が生まれ、それぞれの思い、それぞれのつらさ、ふたりの暮《く》らす社会の複雑さが、ひしひしとつたわってくるように思います。

ここで、本書に出てくる言語について、少しふれておきたいと思います。ケニアでは、二〇一〇年に発布された新しい憲法《けんぽう》により、国語はスワヒリ語、公用語はスワヒリ語と英語、と定められています。スワヒリ語は、古くからアフリカ東海岸で話されていた言語に、交易にやってきたアラブ人の言葉の影響《えいきょう》がくわわってできた共通語で、ケニアのほか、タンザニア、ウガンダ、ルワンダなどで公用語とされていますが、スワヒリ語を話す人の多くは独自の母語を持っています。たとえばキクユ人の場合、家では母語のキクユ語、町ではスワヒリ語、学校や職場では英語、といった使い分けをしている人が多いそうです。

本書では、原書にならい、ところどころにスワヒリ語やキクユ語の言葉を、おもにふりがなの形で使用しています。巻頭《かんとう》の「だれも、ほかの人のように歩くことはできない」と、作者あとがきの最後に出てくる「心の中の言葉は、語ることによってひきだされる」という言葉は、作者にたずねてみたところ、どちらもキクユの格言だそうです。キクユ語の発音のふりがなは、『マウマウの娘《むすめ》』（未來社）という本の巻末《かんまつ》の「ゲコヨ（キクユ）語と日本語表記対照表」を参考に、キクユ語の知識をお持ちの方にアドバイスをいただきながら付しましたが、もし誤《あやま》りがあれば、その責任は訳者《やくしゃ》にあります。

本書を読んで、アフリカを舞台《ぶたい》にした物語をもっと読んでみたいと思った人たちにおすすめしたいのが、『ライオンと歩いた少年』『ゾウの王パパ・テンボ』『川の上で』（以上徳間書店）『ヘブンショップ』（鈴木出版）『雪山のエンジェル』『路上のヒーローたち』（以上評論社）といった本です。また、ケニア出身の環境《かんきょう》保護活動家・政治家で二〇〇四年度のノーベル平和賞を受賞したワンガリ・マータイ（一九四〇年―二〇一一年）の伝記（『ワンガリ平和の木』（ビーエル出版）『ワンガリ・マータイさんとケニアの木々』（鈴木出版）『ちくま評伝シリーズ〈ポルトレ〉ワンガリ・マータイ：「MOTTAINAI」で地球を救おう』（筑摩書房）など、多数）を読んでいただくと、ケニアについての知識が深まると思います。

最後になりましたが、質問にていねいに答えてくださっただけでなく、作品のイメージをふくらませてくれる写真や絵画の画像を何枚《なんまい》も送ってくださった作者のビヴァリー・ナイドゥーさん、ナイドゥーさんの作品を出版したいという思いを抱《いだ》きつづけて実現させた徳間書店児童書編集部の小島範子《のりこ》さん、すばらしい装画《そうが》を描《えが》いてくださったしらこさん、そのほか翻訳《ほんやく》出版にご協力いただいたみなさまに、心から感謝いたします。

二〇二四年二月

野沢佳織《のざわかおり》

【訳者】
野沢佳織（のざわかおり）
上智大学英文学科卒。訳書に『ソンジュの見た星』『ただ、見つめていた』『禁じられた約束』『ウェストール短編集　遠い日の呼び声』『父さんが帰らない町で』『ジェイミーが消えた庭』『ロジーナのあした』（以上徳間書店）、『灰色の地平線のかなたに』『凍てつく海のむこうに』『モノクロの街の夜明けに』（以上岩波書店）、『キルケ』（作品社）『秘密の花園』（西村書店）他。

【ぼくの心は炎に焼かれる～植民地のふたりの少年～】
BURN MY HEART
ビヴァリー・ナイドゥー　作
野沢佳織 訳　Translation © 2024 Kaori Nozawa
232p, 19cm, NDC933

ぼくの心は炎に焼かれる～植民地のふたりの少年～
2024年3月31日　初版発行

訳者：野沢佳織
装丁：鳥井和昌
フォーマット：前田浩志・横濱順美

発行人：小宮英行
発行所：株式会社　徳間書店
〒141-8202　東京都品川区上大崎3-1-1　目黒セントラルスクエア
Tel.（03）5403-4347（児童書編集）（049）293-5521（販売）　振替00140-0-44392番
印刷：日経印刷株式会社
製本：大日本印刷株式会社
Published by TOKUMA SHOTEN PUBLISHING CO., LTD., Tokyo, Japan.　Printed in Japan.

徳間書店の子どもの本のホームページ　https://www.tokuma.jp/kodomonohon/

ISBN978-4-19-865796-3